# L'ÂGE DES PASSIONS

## Volume 1

# Karima Djelid

# L'ÂGE DES PASSIONS

## Volume 1

## 1, 2, 3 Répèt !

&

## Entrons en scène

Pièces de théâtre

© Karima Djelid, janvier 2017
http://karimadjelid.wixsite.com/karimadjelid
Page Facebook : L'ÂGE DES PASSIONS
EAN : 9782955434840
ISBN : 978-2-9554348-4-0

# Bibliographie de Karima Djelid

**Roman :**

*Mam'zelle Bourgeois*
(paru en 2013, réédition en 2017)

*L'univers des Elgéendsorde*
(paru en 2015)

**Pièce de théâtre :**

*Emma*, d'après l'œuvre de Jane Austen
(paru en 2016)

*L'âge des passions - Volume 1* avec les pièces
*1, 2, 3, Répèt !* & *Entrons en scène*
(paru en 2017)

A paraitre en 2017 :

*Winzry - Soleil despote* (roman)

*Le reflet d'un ange* (roman)

*L'âge des passions - Volume 2* avec les pièces
*Au cœur de la tempête* & *Peur ancestrale*

Nous convoitons ce qui nous est enlevé
Nous mourons à chaque pas incertain
Nous aimons
ceux que nous devons chasser de nos cœurs
Persister est notre faille plus que notre raison
Nos erreurs ?
Nous nous en défendons, tout en avilissant nos torts


Je dédie ce recueil
à mon amie Elisabeth Bessot
et à mes précieuses correctrices
et amies de toujours,
Hermine, Brigitte et Gwladys.

# 1, 2, 3 Répèt !

**Genre :**
**Comédie vaudevillesque contemporaine**

**Nombres de personnages :**
**3**
**2 femmes / 1 homme**
**Justin - Kanel - Nadia**

**Durée :**
**1 heure 10**

*Un homme (Justin) s'amuse avec un glaive. Il porte une toge. Il semble très concentré. Il se la joue gladiateur. Ses mouvements sont parfois risibles.*

*Une femme (Kanel) entre et s'arrête pour l'observer. Elle rit en sourdine. Elle enlève sa veste, puis elle prend un des glaives et s'approche de lui.*

**KANEL**

**Eh Ben-hur, en joue !**

*Justin se retourne et prend des allures de combattant.*

**JUSTIN**

**Espèce de racaille, je vais t'anéantir. Par le pouvoir du crâne ancestral, j'ai le pouvoir de tous les pouvoirs !**

**KANEL**

**Et moi, j'ai mieux jeune *padawan*. Je suis un *jedi* et en tant que *jedi*, la force est avec moi à tout jamais. Prépare-toi à voir ta cervelle gicler dans tout le vaisseau spatial oméga 3 !**

**JUSTIN**

*(Il imite la respiration de Dark Vador.)* **Que des mots et peu d'action, *Obiwan*. Prépare-toi à rejoindre celui que tu as terrassé jadis.**

*S'ensuit une bataille au glaive où ils imitent le son de l'impact de l'épée laser. Puis, ils s'arrêtent en riant, et se font un salut à la banlieusarde.*

**JUSTIN**

Ça va, girl !?

**KANEL**

Ouais et toi ?

**JUSTIN**

Ouais, ouais, cool.

*Ils posent leurs glaives. Justin enfile son pantalon, puis enlève la toge. Il s'aperçoit que Kanel l'observe du coin de l'œil, ce qui le fait sourire. Il remet son Tee-shirt et s'approche d'elle en la regardant de manière lascive.*

**KANEL**

Ça ne marche pas avec moi, Justin.

**JUSTIN**

Alors pourquoi me regardais-tu en douce, pendant que j'étais torse nu ?

*Kanel prend son texte dans son sac. Justin sourit.*

**KANEL**

Tu as réussi à mémoriser ton texte ?

**JUSTIN**

Ba ouais, qu'est-ce que tu crois. Je suis un pro moi. Le texte c'est l'essence même du métier de comédien. Y a pas photo : sans texte on est mort. T'imagines dans l'ancien temps il fallait mimer parce qu'il n'y avait pas de son.

### KANEL
Ah ouais, je ne comprends pas.


### JUSTIN
*(Il mime des acteurs des films muets.)* Ils faisaient comme ça les acteurs.


### KANEL
Mais ça, c'est pas du théâtre. C'est du cinéma muet, ça.


### JUSTIN
Bah c'est bien ce que je dis, y a pas de son.


### KANEL
Bah forcement, si tu fais ce genre de geste, y a pas de son, mais si tu parles, y aura du son.


### JUSTIN
Tu es -tebê- ou quoi ! Je t'ai dit qu'il n'y avait pas de son puisqu'ils faisaient ça. *(Il mine de nouveau les acteurs de films muets.)*


### KANEL
Arrête de me traiter de -tebê-, c'est toi le -tebê-. Tu mets du cinéma muet dans le théâtre. Le cinéma muet, il est muet puisqu'il n'y a pas de prise de son, et le théâtre ça peut pas être muet puisqu'il y a les acteurs en face de toi qui parlent. Sauf quand le texte est quasi absent. *(Justin ne comprend pas.)* Bon vas-y, laisse-moi tranquille.

*Kanel s'éloigne, prend son sac et en tire le texte.*


### JUSTIN
Tu as appris, toi ?

**KANEL**

Ouais bof. Y a des trucs que je ne pige pas trop.


**JUSTIN**

Bah, je te rassure, tu n'es pas la seule.


**KANEL**

C'est vrai !? *(Toute heureuse.)* Toi aussi tu ne piges pas ?


**JUSTIN**

Tu rigoles, moi je pige tout. Les textes du Moyen-Âge, c'est mon dada.


**KANEL**

Ah ouais, tu es spécialisé dans les textes du Moyen-Âge ?


**JUSTIN**

Ba oui, qu'est-ce que tu crois. Shakespeare, Molière, ils n'ont pas de secret pour moi. *(Kanel rit. Justin s'en étonne.)* Quoi ?


**KANEL**

Shakespeare c'est pas le Moyen-Âge mais la Renaissance, crétin.


**JUSTIN**

Vas-y, le Moyen-Âge, la Renaissance c'est kif kif.


**KANEL**

Eh bah non, c'est pas pareil. Et puis, Molière y a quatre siècles qui le séparent du Moyen-Âge, mon gars.


**JUSTIN**

Eh, c'est bon la -sarrazine-, tu vas la sortir encore longtemps ta science !?

**KANEL**
Wech le -viking- ! Qu'est-ce que tu veux ?

*Kanel se marre. Justin, vexé, se place à l'autre bout de la scène. Kanel lit son texte à haute voix faussement.*

**KANEL**
*« Notre amour s'en trouvera plus fort avec les années. Un jour nous unirons nos destinées. Vous avez appris à mon cœur à vous aimer. Vous apprendrez à mon âme la patience, puisque je souffre dès lors en songeant à tout ce temps où nous ne pourrons vivre côte à côte, puisqu'il vaudrait mieux que nous nous éloignions dès que le sortilège sera annihilé... Nos royaumes respectifs seront nos sanctuaires. Je glorifie cette apparence qui vous sied et que j'honore par ce baiser. »*
Non, je ne peux pas jouer ça, moi !

**JUSTIN**
Pourquoi ?

**KANEL**
Il est naze ce texte !

**JUSTIN**
Là je suis d'accord avec toi. C'est super nian-nian. Un vrai truc de fille. Ça va les faire chialer.

**KANEL**
Tu réalises ce qu'on va devoir faire dans cette scène ?

**JUSTIN**
Ouais, je dois te rouler un patin.

**KANEL**
Et ça ne te gêne pas ?

**JUSTIN**

Moi, tu sais, tant qu'on me paye, j'embrasse qui tu veux.


**KANEL**

Non, là tu déconnes.


**JUSTIN**

Bah non. Je suis comédien professionnel, Madame.


**KANEL**

Ouais d'accord, mais si on te dit, tu dois rouler un patin à *E.T.*, tu le fais pas, hein ?


**JUSTIN**

Bah si pourquoi ?


**KANEL**

Non, tu déconnes là. Je te parle d'*E.T.* l'extra-terrestre avec ses yeux bleus et son cou de dix kilomètres de long.


**JUSTIN**

Bah oui, j'ai compris.


**KANEL**

Non, je n'y crois pas. Attends, si on te dit : embrasse *Shrek*, tu le fais ?


**JUSTIN**

Bah ouais.


**KANEL**

Tu déconnes là ! Tu ne vas pas embrasser *Shrek* ?

**JUSTIN**

Bien sûr que je lui roule un patin à *Shrek* si on me paye. Lui et toute sa famille : Fiona, Prince Vaillant et même l'âne !

**KANEL**

Et -un rôdeur-, tu le smack ?

**JUSTIN**

Un rôdeur ? C'est quoi ça ?

*Elle imite le cri râleur d'un rôdeur en mimant sa démarche. Justin ne comprend pas.*

**KANEL**

Les zombies de *The walking dead* ! Putain, tu ne connais rien !

**JUSTIN**

Tu l'imites super mal. Tu ne risques pas d'être embauché pour le casting.

**KANEL**

Alors, tu le smack le rôdeur ?

**JUSTIN**

Mais même à ta mère, je lui roule un patin si on me paye.

**KANEL**

Ça ne va pas la tête ! Ma mère, tu ne la touches pas. Qu'est-ce que tu parles de ma mère comme ça !

**JUSTIN**

À mon avis ce n'est pas le texte qui est naze, c'est toi.

**KANEL**

Pourquoi tu… Pourquoi tu… Pour…


**JUSTIN**

Vas-y accouche ! *(Kanel crise.)*


**KANEL**

En tout cas, je ne smackrai jamais un rôdeur. Par contre, je n'aime pas les mecs mais je ne dirais pas non à *Daryl*.


**JUSTIN**

Tu parles, il est tout crados. J'préférerais smacker *Gollum*. *(Ils se marrent.)* **Bon, je pense qu'il faut crever l'abcès. On est sensé s'embrasser, et bien embrassons-nous de suite comme ça on n'en parle plus.**


**KANEL**

Tu crois ?


**JUSTIN**

Bah oui, une fois qu'on l'aura fait une fois, ça ne nous fera plus rien. Même qu'on peut y prendre goût.


**KANEL**

Alors là, je ne crois pas. Impossible. J'ai peur que tes grosses lèvres de *viking* m'engloutissent la face d'une seule léchouille.

**JUSTIN**

N'importe quoi, les filles en redemandent grave.


**KANEL**

À ouais ? Quel mytho.

## JUSTIN

Bon, allez. Mets-toi en position, chérie. Mais ne crois pas que ça me fasse plaisir. Les filles dans ton genre ce n'est pas mon truc.

## KANEL

Ok !

*Kanel respire fortement avant d'écarter les jambes, avancer son torse et mettre ses lèvres en avant.*
*Justin s'apprête à l'embrasser quand une femme entre. (Nadia) Kanel s'approche de plus en plus. Nadia semble consternée, puis effarée. Elle toussote. Kanel et Justin se séparent, gênés. Kanel la rejoint toute joyeuse et veut l'embrasser. Nadia la repousse.*

## NADIA

Oh, c'est bon toi !

## KANEL

Quoi, c'est une scène !

## NADIA

Tu sais très bien qu'il ne s'agit pas de ça ! *(Elle pose son sac sur une chaise.)* Petite parenthèse, puis on reviendra sur nos petits problèmes conjugaux, chérie. *(Le ton narquois.)* Le metteur en scène est coincé à Marseille à cause de la grève de la SNCF. Jean-Pierre m'a dit que nous pouvions travailler nos textes. En espérant qu'il monte dans un TGV pour nous honorer de sa présence. Mais, à mon avis, c'est râpé pour aujourd'hui. Je vais me coltiner un gamin attardé qui se prend pour *Brad Pitt* et une fille qui est persuadée d'avoir *Marylin* pour sœur jumelle.

**JUSTIN**

Je ne me prends pas pour *Brad Pitt*, je suis bien plus beau que lui, et je lui ai tout appris.

**NADIA**

Ben voyons.

**KANEL**

Et moi, je ne me prends pas pour *Marylin Monroe*, vu que tout le monde me dit que j'ai des faux airs à *Angelina Jolie*.

**NADIA**

Et tu ne t'es jamais dit, chérie, que les gens se foutaient de ta tronche quand ils te disaient une énormité pareille ? *(Elle se marre.)* Franchement, *Angelina Jolie*, faut que tu sois vraiment demeurée pour avaler ça.

**KANEL**

Si tu ne me trouves pas assez bien, pourquoi tu t'es pacsée avec moi ?

**NADIA**

Justement, je me demande pourquoi, chérie. Oh attend ! Ça ne serait pas parce qu'avant le pacs tu me promettais de décrocher cette putain de Lune. Autrefois je me plaignais quand les hommes me disaient des trucs aussi absurdes pour que je succombe. Je me disais : Est-ce que nous, les femmes, nous vous en demandons autant ? Non ! Tout ce qu'on vous demande c'est de nous être fidèles, loyaux, honnêtes et de surtout, surtout, ne jamais nous mentir. Mais non, les hommes préfèrent nous promettre la Lune ! Et nous on est là, à boire leurs paroles. A croire qu'ils sont la perfection personnifiée, alors qu'ils ne sont que des lavettes, prétentieux et arrogants. Ils doivent bien nous prendre pour des gourdes d'avaler que la Lune puisse être décrochée de son orbite. » Mais j'étais loin d'imaginer qu'avec les femmes c'était pareil. Autant de mensonges aberrants. La femme n'a plus rien à envier à l'homme dorénavant.

### JUSTIN
J'ai la curieuse sensation que le couplet sur les hommes promettant la Lune m'est destiné.

### NADIA
Oh, non ! Tu crois ?

*Kanel s'approche d'elle pour la prendre dans ses bras.*

### KANEL
Nadia…

### NADIA
*(Elle hurle.)* Arrête de m'appeler Nadia ! Qu'est-ce que je t'ai dit à la maison ?

### KANEL
Tu m'as dit que tu voulais qu'on t'appelle Nadine parce que tu renies tes origines.

### NADIA
Je n'ai pas dit que je reniais mes origines, j'ai dit que je voulais m'appeler Nadine parce que ça fait bien sur mon C.V. d'artiste.

### KANEL
*(Elle se marre.)* Tu crois qu'avec ta tronche tu vas te faire passer pour une bourge du 16$^{ème}$ ?

### JUSTIN

Ah ! *(Il rit.)*

### NADIA

Pourquoi tu ris ?

### JUSTIN

Nadine, tu aurais pu trouver mieux comme prénom, parce qu'il craint celui-là. C'est le genre de prénom qui te fiche à l'ANPE dans la case sénior.

### NADIA

C'est *Pôle emploi* maintenant.

### JUSTIN

Pour ce que ça change. Ce sont les mêmes personnes qui t'accueillent avec le même discours. *(Il prend une voix efféminée.)* « *Vous avez internet chez vous ?* »
Oui madame.
« *Bien ! Alors, pourquoi vous venez ?* »
Et là, il y a un truc qui remonte de tes tripes. Tu as une pulsion incontrôlable que tu dois réfréner tellement tu as envie de lui marave sa face. Mais tu ne peux pas puisque c'est une gonze complètement folle à lier. On va dire après que tu es un salaud de misogyne, alors qu'en réalité ce n'est pas elle que tu as envie de fracasser, mais ce putain de système qui te dit : va pointer au chômage, mais surtout ne compte pas sur nous pour te trouver du taf. Parce qu'il n'y en a pas du taf ! La seule chose que j'ai eue dans ce -merdissimal- Pôle emploi, c'est une formation qui te dit ce que tu dois faire. Ils te collent un psy au rabais qui pénètre ton cerveau pour essayer d'extraire des infos sur toi. Genre : « *Non Monsieur, être comédien ce n'est pas votre moi profond. Je vous suggérerais une formation qui ait trait aux métiers de l'import-export, puisqu'au vu de votre réponse sur*

*le questionnaire que nous vous avions remis, tout tend à penser que ce métier vous siérait mieux. »*

Il a fumé le psy, l'import-export, je ne sais même pas ce que c'est ! Et quand tu lui dis ça, ce putain de psy te dit que :

*« c'est bien à ça que sert la formation. À mettre en lumière ce que votre réflexion n'a pu déceler. »*

Car mon cerveau recèle des infos sur moi dont je n'ai même pas conscience. Ce n'est pas un truc de dingue ça. *(Il se marre.)* Mon cerveau il sait que je suis fait pour l'import-export alors que même moi, qui ai totalement conscience des aptitudes de ce corps viril et merveilleux empli de sagesse et d'une réelle aptitude à l'humilité, je ne le savais même pas !

### KANEL

Tu as conscience que… Que c'est vraiment n'importe quoi ce que tu viens de dire.

### JUSTIN

Pourquoi c'est n'importe quoi ? Tu sais ce que c'est l'import-export ?

### KANEL

Mais on s'en fout de l'import-export.

### JUSTIN

Bah voilà, personne ne sait ce que c'est ; et on voudrait que j'embrasse ce putain de job.

### NADIA

Tu devrais voir le bon côté des choses. Ils ont vu que t'étais capable de faire un job dans ta vie, parce que moi je ne l'avais pas vu ça. Moi, je t'ai toujours pris pour un crétin sans cervelle ; picsous ; passant de piaule en piaule ; vivant aux crochets de sa grand-mère dont tu attends avec impatience le décès en priant Lucifer tous les soirs : quand est-ce qu'elle va crever la vieille ! Et pour couronner le tout, tu es incapable de vivre sans afficher une virilité, triste représentation du mâle du 21$^{ème}$ siècle, sans couilles, sans honneur et sans aucune volonté d'abandonner un peu de cet égoïsme qui le caractérise depuis des temps immémoriaux. Et oui, c'est toi Justin, le pire des machos de la terre !

### JUSTIN
Quoi, quoi ? Qu'est-ce qui te prend ? Je ne vis pas aux crochets de ma grand-mère. Elles sont mortes toutes les deux quand j'étais petit.

### NADIA
Ah bon ? Pourtant c'est ce que j'en avais déduit sur ton compte. Effectivement, si P*ôle emploi* avait décrété que je pouvais embrasser la carrière de Mentaliste, il se serait bien planté.

### JUSTIN
Tiens ta pacsée, toi.

### KANEL
Eh, moi je ne me mêle pas de vos histoires.

### NADIA
Comment ça, -tiens ta pacsée- ? Tu t'es cru où !

### JUSTIN
Je me suis toujours douté que c'etait Kanel qui portait la culotte dans votre couple de lesbiennes -*chtarbées*-.

### KANEL
Non, on est juste un couple moderne. On décide ensemble.

**JUSTIN**

Ça c'est une excuse bidon pour dire que c'est elle qui commande. Si c'était ma femme elle marcherait droit.

**KANEL**

C'est bien pour ça que tu n'en as pas, mon pote. Trop de principes archaïques tuent l'amour. Tu finiras vieux garçon à te baver, te pisser et te chier dessus tandis que moi, j'aurai une femme pour s'occuper de mes vieux jours et torcher mon popotin de vieille gâteuse.

**NADIA**

Dit comme ça, ça donne envie. Mais tu sais, chérie, que cela n'arrivera jamais.

*Elles se sourient avec fausseté.*

**KANEL**

Pourquoi ?

**NADIA**

Je t'aurai euthanasiée avant que ton popotin ne devienne flasque et incontinent, ce pourquoi j'ai insisté pour que tu souscrives à une assurance-vie dont je suis la seule bénéficiaire.

*Elles se regardent avec ironie.*

**KANEL**

Oh mon petit loukoum, j'adore ton esprit pragmatique.

**NADIA**

En parlant de pragmatisme, j'ai faim.

**KANEL**

Et alors ?

**JUSTIN**

Eh, vous êtes nées à la bonne époque. Vous allez pouvoir vous marier à la mairie. Mais évitez de faire ça dans une ville dont l'ouverture d'esprit frise le zéro. Je ne voudrais pas qu'on fasse de vous du hachis Parmentier ou pire, du lancer de lesbienne.

*Il se marre sous l'œil circonspect de Nadia et Kanel.*

**KANEL**

Tu es un de ces salauds d'homophobe ?

**JUSTIN**

Bon ça va, à chaque fois qu'on fait une blague, on est taxé d'homophobe ou autre. On ne peut plus rigoler de rien de nos jours. J'en ai vraiment ras le bol. Surtout que j'ai toujours eu comme fantasme de me faire deux gonzesses en même temps.

**NADIA**

Lesbiennes ?

**JUSTIN**

Je m'en fous royalement, tant qu'elles ont un vagin.

**KANEL**

On pourrait arranger ça, Justin. On a pleins d'objets phalliques à la maison. Ça pourrait être sympa à introduire.

**JUSTIN**

À introduire où ?

*Il est inquiet, les filles lui sourient. Kanel, sensuelle, s'approche de lui. Justin a perdu sa belle assurance.*

### KANEL
À ton avis, chéri ?

*Le téléphone de Justin sonne.*

### JUSTIN
Sauvé par le gong ! *(Il regarde le destinataire. Il affiche une mine contrite. Il adresse un sourire pincé à ses acolytes avant de décrocher.)* Un instant…

*Il prend sa veste et sort.*

### KANEL
Quel abruti, celui-là. *(Kanel s'approche de Nadia le sourire charmeur.)* Alors, comme ça, tu as faim, chérie ?

### NADIA
Oui, mais pas de toi. Tu pues le macchabée.

### KANEL
Ce n'est pas ma faute, je sors du taf.

### NADIA
Tu aurais pu te doucher.

### KANEL
Je n'avais pas le temps sinon j'aurais été en retard à la répèt. *(Elle essaye de l'embrasser, Nadia la repousse avec dégoût.)* Tu pourrais être plus câline avec moi. J'ai eu une nuit atroce. Un cadavre sale qu'on a dû ramasser à la petite cuillère sur l'autoroute. T'aurais dû voir ça. Y avait des

morceaux pas plus gros que mon index. Disséqué le gars !
Avant même d'être passé sur la table d'autopsie.

### NADIA
Combien de fois devrais-je te dire de ne pas me raconter tes
histoires de travail morbides.

### KANEL
Si je ne le raconte pas à ma petite pacsée d'amour, à qui
veux-tu que je les raconte pour me soulager ?

### NADIA
Ah un putain de psy, merde ! C'est leur job.

### KANEL
Ouais, mais ça coûte cher.

### NADIA
Mon état mental, tu l'évalues à combien ?

### KANEL
Et le mien, alors ? Tu sais combien c'est dur ce que je fais ?
C'est un travail qui demande beaucoup de self-control.

### NADIA
Arrête ! Ton métier c'est de faire la gueule en permanence
pour des gens qui perdent un proche dont ils se foutent
royalement. Surtout quand c'est des vieux et qu'ils
n'attendent qu'une seule chose : le pécule qui va leur tomber
dessus.

### KANEL
Détrompe-toi. Il y a de vraies souffrances. Grâce à moi ces
gens peuvent admirer leur défunt à qui j'ai redonné forme
humaine.

## NADIA

*(Elle rit.)* **Tu fais -mumuse- chérie en les reconstituant. Tu adores ça, faire des puzzles avec les morceaux d'êtres humains que tu as ramassés sur le bitume. Et tu es payée pour ça en plus.**

## KANEL

**Rigole ! Imagine, mon petit loukoum, mon art et sa splendeur : Je maquille, j'habille et je bouche les orifices.** *(La mine obscure.)* **Tous les orifices.** *(Elle rit en la voyant déconcertée.)* **Parce que sinon, je ne te dis pas la tronche et l'odeur quand le cadavre commence à se vider. La liquéfaction corporelle, ça craint un max.**

## NADIA

**Qu'est-ce que tu appelles -orifice- ?**

## KANEL

*(Elle sourit toute fière d'elle.)* **Ah, ça t'intéresse, petite coquine.** *(Elle pose son menton sur l'épaule de Nadia.)* **Le nez, la bouche, les oreilles et même les parties génitales.**

## NADIA

*(Horrifiée)* **Tu rebouches des vagins !?**

## KANEL

**Ouais, m'dame.**

## NADIA

**C'est dégeulasse !**

## KANEL

**Tu préférerais que les organes internes ressortent par le cul ?**

**NADIA**

Non ! Je préférerais que tu ne plotes pas des vagins.


**KANEL**

C'est des macchabées. Je ne plote pas, je recouds. Tu m'as pris pour une zoophile, ou quoi ?


**NADIA**

*(Elle rit.)* C'est pas zoophile, débile. C'est nécrophile, quand tu couches avec un cadavre. Mais pourquoi je te réponds !? C'est n'importe quoi cette conversation ! *(Elle s'assoit et commence à fouiller dans son sac.)*


**KANEL**

C'est toi qui ne comprends rien à mon métier. Je te parle avec passion de mon taf et toi tu n'y vois qu'un truc pervers.


**NADIA**

Tu recouds des trous de balles et des vagins, bien sûr que je trouve ça pervers !


**KANEL**

Tu sais, quand on a vu ton vagin, on les a tous vus. *(Elle éclate de rire.)*


**NADIA**

C'est ça, marre-toi. *(Elle s'assoit pour se poudrer le nez.)*


**KANEL**

L'autre jour, il y avait une famille qui a défilé tout un après-midi. Avec mon pote, Hubert, on voyait le maquillage du corps dégouliner, mais à chaque fois qu'on essayait de le remaquiller, il y avait toujours quelqu'un qui arrivait. Ce qui fait, que j'étais obligée de planquer le coton dans la poche intérieure de ma veste. *(Mal à l'aise, Nadia s'arrête et range son étui à maquillage.)* **Tu vois les trésors d'ingéniosité et de self-control qu'on doit avoir, nous les agents des pompes funèbres.** *(Elle s'assoit à ses côtés en la serrant contre elle.)* **Tu te souviens quand la semaine dernière je suis arrivée, la mine dépitée ?**

### NADIA
**Non, vu que tous les jours, c'est la même mine que tu me tires.**

### KANEL
**Non mais là j'étais vraiment dépitée.**

### NADIA
**Si tu le dis.**

### KANEL
**Non, mais là, c'était pire !**

### NADIA
**Ok ! Il y avait, la semaine passée, un jour où tu faisais plus la gueule que d'habitude ! Là, tu es contente, j'en fais la constatation !?**

### KANEL
**Te moque pas, car là j'étais vraiment très mal... Il y avait une mère qui tenait dans ses bras son bébé.**

### NADIA
*(Elle se lève, horrifiée.)* **Putain mais c'est pas vrai ! Tu vas la fermer un peu !**

**KANEL**

La fermer !? Eh, je te signale que c'est toi qui m'as trouvé une petite annonce vantant les mérites d'une formation d'agent des pompes funèbres.

*Justin entre, l'air embêté.*

**NADIA**

Ça faisait huit mois que tu étais au chômage ! J'en avais marre de te voir jouer au bip-bip et picoler pendant que moi, j'allais bosser. Ta tête de dépressive me foutait le bourdon et me donnait envie de gerber.

**KANEL**

Et maintenant, qui c'est qui ramène du fric à la maison, madame l'actrice qui rate tous ses castings ?

**NADIA**

Ok, c'est toi, mais je refuse d'entendre parler de bébé mort ou de vagin.

**JUSTIN**

*(Il sourit.)* Le vagin de qui ?

**KANEL**

Des macchabées que je gère à la morgue.

**JUSTIN**

Tu vois les gens tout nus dans ton taf ? Comme dans les séries télés, le médecin légiste qui autopsie sur la table et tout ?

**NADIA**

Ils sont morts ; bien sûr qu'elle les voit tous nus.

**JUSTIN**
C'est dingue. Eh Kanel, je pourrais venir te voir à ton taf ?

**KANEL**
On n'a pas le droit de ramener des gens.

**JUSTIN**
Tu dis que je serais intéressé par ce job. Genre, un stage. Tu imagines : après je pourrais incarner un médecin légiste les yeux fermés.

**NADIA**
Mon dieu, comme si ça pouvait améliorer ton jeu.

**KANEL**
Hors de question que je te fasse entrer dans la morgue. Eh, j'ai un quiz pour vous !

**JUSTIN**
J'adore les quiz !
*Nadia les regarde avec cynisme.*

**KANEL**
Qu'est ce qui reste après la crémation d'un corps ?

*Justin réfléchit, l'air bêta. Nadia pouffe de rire.*

**NADIA**
C'est pas un quiz ça, c'est une devinette vu qu'il n'y a pas plusieurs choix possibles.

**KANEL**
Je dis ce que je veux.

*Elles se tirent la langue.*

**JUSTIN**

Euh… Bah… des cendres ?

**KANEL**

*(Elle fait un son de trompette.)* **Perdu ! Des os, car le reste du corps s'est volatilisé sous l'effet de la combustion. La peau, les chairs, ça ne tient pas le choc dans un brasier.**

**JUSTIN**

Mais les os deviennent des cendres. J'ai déjà vu une urne, on dirait du sable volcanique.

**KANEL**

Mais certaines parties d'os résistent au feu.

**JUSTIN**

Alors qu'est-ce qu'il y a dans l'urne ?

**KANEL**

On prend les os et on les broie.

**JUSTIN**

A la main ?

**KANEL**

N'importe quoi. Va t'amuser à écraser des os entre tes doigts. On a une machine qui broie ce qu'il reste du corps. *(Toute joyeuse.)* **Après on les dépose dans une jolie petite urne qu'on tend, la mine bouleversée, aux vivants… Une autre question piège. Qu'est-ce qu'il reste d'un gosse de moins de trois ans après la combustion ?**

**JUSTIN**

*(Il réfléchit. Puis, voyant qu'il ne trouvera jamais la réponse, il s'énerve.)* **J'en ai marre de tes questions débiles !**

**NADIA**

Il ne reste rien. Les os d'un petit, ce sont du cartilage.

**KANEL**

Exact ! *(Elle la sert dans ses bras.)* Comme je suis fière de toi, ma p'tite pacsée d'amour. Justin, elle n'est pas méga intelligente ma chérie ?

**JUSTIN**

Tu ne sais même pas à quel point, ma p'tite -moule d'Armor-.

**KANEL**

Hein !?

*Nadia regarde Justin, tout en se blottissant sensuellement dans les bras de Kanel.*

**NADIA**

Ton jeu de mots est complètement glauque. Il n'y a pas de moule sur les côtes d'Armor. Révise ta géo avant de sortir un truc que tu espères intelligent...

**JUSTIN**

Ma géo, elle est parfaite. Y en a plein les plages des moules. Tu peux léchouiller sec, ma moule.

**NADIA**

*(Se sentant en danger.)* En fait, tout à l'heure tu avais l'air embêté au phone. C'était qui ?

**JUSTIN**

Ma... *(Il s'arrête plus que gêné.)* Ma mère.

**NADIA**

Ta mère ? La p'tite môman à son rejeton. Oh, ce n'est pas mignon ça ?


**JUSTIN**

La ferme, mégère !


**NADIA**

Je t'imagine bien lui ramener ton panier à linge tous les week-ends.


**JUSTIN**

Ferme-là ou…


**NADIA**

Ou quoi ? Tu vas utiliser tes petites mimines pour m'en coller une ? Un vrai mâle, il n'y a pas de doute.

*Kanel s'interpose.*


**KANEL**

Bon, je crois qu'on s'est assez amusés pour aujourd'hui. Travaillons pour que notre metteur en scène soit fier de nous.

*Nadia adresse un regard moqueur à Justin par-dessus l'épaule de Kanel avant de se blottir dans les bras de sa petite amie avec une moue mutine.*


**NADIA**

Tu peux aller me chercher un croissant aux amandes ?


**KANEL**

Pourquoi un croissant aux amandes ?

**NADIA**

Et pourquoi pas ?

**KANEL**

Bien, je ne sais pas. Tu aurais pu demander un éclair au chocolat.

**NADIA**

Mais tu fais chier à la fin ! Va me chercher un croissant aux amandes tout de suite !

**KANEL**

Bon ok ! Ne t'énerve pas, j'y vais. *(Elle prend sa veste.)* Justin, tu sais où est la boulangerie ?

**JUSTIN**

C'est dans le centre.

**KANEL**

Purée, c'est à vingt minutes minimum... *(Elle s'avance le sourire coquin.)* J'y vais, mais tu n'oublieras pas de me faire quelques gâteries ce soir.

*Elle lui envoie un baiser à la Marilyn. Kanel est toute heureuse et sort prestement. Justin et Nadia se regardent de haut. Puis Justin se précipite vers l'entrée et sort. Nadia s'approche de la chaise et commence à défaire la ceinture de sa gabardine. Justin revient et abandonne son aspect sévère et sourit à pleine dent en avançant vers Nadia.*

**JUSTIN**

Oh le cirque que tu lui as tapé. Elle doit croire qu'on se déteste à donfe ! Si elle savait ! *(Nadia retire sa gabardine. Elle est en robe courte super sexy.)* **Waouh !**

**NADIA**

Si Kanel savait, elle te tuerait.

*Il met ses mains sur sa taille pour la tenir au plus près de lui. Nadia met ses mains sur son torse pour maintenir une distance.*

**JUSTIN**

Tu crois que j'ai peur de ses bras de minette ?

**NADIA**

Effectivement, ce n'est pas de ses bras de minette dont il faut avoir peur, mais plutôt de la famille de -miafioso- qu'elle traine tel un boulet. Tu as déjà vu le film de *Scorsese, Les Affranchis* ? *(Il fait oui de la tête tout en avalant sa salive difficilement.)* Et bien, dans ce film, les mafiosos ce sont des enfants de cœur à côté d'eux.

*Elle se défait de son étreinte, le regard mielleux, et recule tout en le regardant intensément.*

**JUSTIN**

Tu... Tu plaisantes.

**NADIA**

J'ai la tête de quelqu'un qui plaisante ?

*Il commence à avoir des sueurs froides face au regard glacial de Nadia. Puis elle éclate de rire. Il est vexé.*

**JUSTIN**

Ah, rigole !

**NADIA**

Si tu voyais ta tête ! Oh les mecs vous êtes de vrais flippettes, maintenant.

**JUSTIN**

Bah j'ai vu le mec se faire découper à la tronçonneuse dans *Scarface*, alors merci de me raconter des bobards pareils. Bon allez, passons aux choses sérieuses.

*Il prend la banquette et la met sur le côté, le moins éclairé de la salle, puis arrange les oreillers.*

**NADIA**

Tu fais quoi là ?

**JUSTIN**

Notre petit lit douillet, mon petit loukoum. On a à peine vingt minutes avant que ta Presbyte de petite amie ne rapplique. *(Il s'approche d'elle, l'air tombeur.)* Ça fait cinq jours qu'on ne s'est pas vus et comme on n'a pas pu coucher ce jour là, ça compte pour du beurre.

*Elle le repousse, désappointée.*

**NADIA**

Et bien merci. Alors pour toi, si on se voit pour s'embrasser, ça compte pour du beurre ?

**JUSTIN**

C'est tout de même mieux quand j'arrive à mes fins. *(Il fait un mouvement de hanche.)* Touche pipi, ça va cinq minutes. Ça fait trente ans que je joue dans la cour des grands.

**NADIA**

*(Elle s'assoit, fort désappointés.)* À t'entendre, tu aurais commencé au berceau.

**JUSTIN**

*(Il s'assoit à côté d'elle et la prend par l'épaule.)* **Justement, ma mère m'a raconté qu'à six semaines je faisais joujou avec -popol-.**

**NADIA**

**Je me doutais bien que t'étais un pervers dès la naissance.**

**JUSTIN**

**L'autre jour, tu ne me trouvais pas pervers.**

**NADIA**

*(La mine confuse.)* **Justement, j'ai un aveu à te faire.**

**JUSTIN**

**J'ai l'impression que ça va devenir un peu trop sérieux pour moi, là.**

**NADIA**

**Je suis enceinte.**

**JUSTIN**

**Et alors ?**

**NADIA**

**Ba, tu vois ?**

**JUSTIN**

**Non, quoi ?**

**NADIA**

**Tu n'as pas un truc à me dire.**

**JUSTIN**

*(Sourire moqueur.)* **Félicitations à toi et à Kanel !**

## NADIA

Non, pas ça !

## JUSTIN

*(Ton faussement triste.)* **Ah, ce n'est pas un enfant de l'amour. Oh ma pauvre. Je suis désolé.**

## NADIA

Mais non !

## JUSTIN

Tu as fait une insémination sans lui dire et tu es dans la merde ?

## NADIA

Tu le fais exprès ou quoi !? Toi et moi ! *(Justin fait celui qui ne comprend pas.)* Nous !

## JUSTIN

*(Il rit.)* Il n'y a pas de nous, -chérie-. Mais par contre, tant que ton ventre ne nous gêne pas on peut continuer à forniquer grave.

## NADIA

Justement ! Tu te souviens quand il y a plus d'un mois, badaboum ! La cata !

## JUSTIN

Nadia.

## NADIA

Non, Nadine !

## JUSTIN

Ok ! Bon… *(Il se marre.)* Nad ! Je ne comprends pas où tu veux en venir ?

## NADIA

Le préservatif s'est rompu.

## JUSTIN

Et alors ?

## NADIA

C'était il y a plus d'un mois et le gynéco a dit que le bébé avait cinq semaines !

## JUSTIN

Ce n'est pas un bébé ! Juste un ver de terre. Attends, j'ai mieux : un asticot nuisible.

## NADIA

Tu es ignoble !

## JUSTIN

Non, réaliste. De toute façon, combien il y a de malchances pour que ce truc soit de moi ?

## NADIA

Cent pour cent de chance vu que la tentative d'insémination qu'on a faite il y a quelques mois n'a pas fonctionnée.

## JUSTIN

*(Il se lève en rangeant son sourire narquois.)* Comment ça, je ne comprends pas ?

**NADIA**

Ça fait deux ans qu'on essaie d'avoir une petite Kanel. On a tout essayé.

**JUSTIN**

Bah alors, pourquoi tu me prends la tête ? Estime-toi heureuse. Grâce à moi j'exauce vos rêves de procréation. Je ne comprends pas moi, tous ces humains qui ont besoin de pondre des chieurs pour marquer leur territoire.

**NADIA**

Quoi !?

**JUSTIN**

*(Il s'assoit en reprenant son air taquin.)* Laisse tomber et viens t'asseoir sur mes genoux.

**NADIA**

Tu es con ou quoi ! Tu as vu ta gueule ?

**JUSTIN**

Quoi ma gueule ! *(Tétanisé de peur, il sort de sa veste une petite glace et se mire.)*

**NADIA**

Ce n'est pas vrai. Tu ne penses donc qu'à toi.

**JUSTIN**

Ça va, je suis toujours aussi beau. J'ai cru que tu avais vu un -chtare- sur mon visage.

**NADIA**

Kanel ne croira jamais que je me suis faite inséminée sans le lui dire au préalable. De plus, si j'expulse un gosse qui a tes traits et toute la panoplie qui va avec, Kanel va s'en apercevoir. Elle est un peu bébête parfois mais pas assez pour ne pas repérer que le gosse est de toi.

### JUSTIN

Fais pas chier ! Tu n'as qu'à lui raconter que tu as demandé un sperme qui a mes superbes et extraordinaires attributs de mâle viril et pétri d'intelligence. Si le bébé me ressemble, tu lui diras que c'est un pur hasard si à la banque de spermes tu es tombée sur mon échantillon. Après tout, qu'est-ce que tu en sais que je n'ai pas déjà éjaculé dans un flacon ? Et attention, tu lui diras bien que c'est pour de la tune que j'ai fait ça.

### NADIA

Déjà, apprends qu'on ne peut pas se faire inséminer en France. On va à l'étranger pour ça.

### JUSTIN

Tu lui diras que j'ai vaincu ma peur de l'avion, que je me suis expatrié pour donner à une femme étrangère le privilège d'avoir un môme superbe. *I'm the king of the world* ! Je suis un enfant de chœur. Ma générosité n'a pas de limite.

### NADIA

On est allées en Belgique.

### JUSTIN

Ah l'autoroute, c'est encore plus simple. Plus de risque d'avoir un accident, mais assurer d'éjaculer hors de nos frontières sans faire trois heures de queue à l'aéroport. *(Il se marre. Nadia le regarde en colère.)* Je faisais un jeu de mot… Queue à l'aéroport, éjac… Tu n'as aucun sens de l'humour, Nadia. Tu me déprimes.

**NADIA**

Tu es puéril, tu le sais ça ? Plus gamin que toi, tu meurs.

*Elle hurle. Justin reste pétrifié avant de reprendre un sourire narquois.*

**JUSTIN**

Bon, restons calme. *(Il désigne le ventre de Nadia d'un air moqueur.)* Combien tu as de chances que ça, ça ressemble au bel homme, pétri d'intelligence et terriblement sexy que tu as devant toi.

**NADIA**

Tu es vraiment un égoïste !

**JUSTIN**

Bah, ce n'est pas de ma faute, je suis un homme. Et un homme, par obligation, est égoïste. Ce mot a même été inventé pour nous.

**NADIA**

C'est censé me faire rire ?

**JUSTIN**

Eh, il n'y a pas écrit humoriste sur mon front. Moi, je suis un comédien professionnel. Un vrai de vrai. Un tragédien des plus émérites. La star montante du cinéma français, que dis-je, mondial.

**NADIA**

Ouais, si tu n'avais pas été aussi -montant-, je ne serais pas dans la merde.

## JUSTIN

A qui la faute ? C'est toi qui as acheté des préservatifs au rabais. *Tati*, je ne savais même pas qu'ils en faisaient des préservatifs. Comme si, moi, j'allais acheter de la charcuterie dans un magasin discount.

*Il regarde l'heure sur son portable.*

## NADIA

Tu devais les acheter.

## JUSTIN

Eh, c'est toi qui as dit que t'allais acheter les préservatifs. Moi, je devais acheter le lubrifiant. *(Il sort un tube de sa poche.)* Et je te signale que moi je n'ai pas joué les rapiats. J'ai acheté de la super marque de lubrifiant, celui qui stimule l'orgasme. Et c'est pour toi que j'ai mis le prix, parce que, nous les mecs, on n'a pas besoin de ça pour prendre notre pied. Alors camembert, Picsou. *(Il regarde de nouveau son portable.)* Tu vois, à cause de toi il nous reste plus que dix minutes. Alors, les préliminaires tu repasseras.

## NADIA

Tu te rends compte de ce que tu me dis ? *(Elle s'assoit à côté de lui, toute triste.)*

## JUSTIN

Ouais, je me rends compte que c'est trop tard pour nous éclater sur ce divan. *(Il regarde son portable, l'air dépité.)* Putain, c'est niqué, je ne peux même plus niquer.

*Ils s'assoient côte à côte un instant, la mine obscure.*

## NADIA

Je fais quoi, moi ?

## JUSTIN

*(Il se lève et lui fait face.)* **Tu as deux solutions, soit tu avortes, soit tu le gardes. Mais vu que le plus coureur de mes spermes à dû pénétrer tes entrailles en criant** *I am the champion* **! Il est forcé qu'il me ressemble. Tu sais, tu peux ne rien dire et attendre le jour de la naissance. S'il te sort un petit moutard super beau gosse comme moi, tu fais un grand sourire à Kanel et tu lui dis -surprise- ! J'imagine la scène : toi les jambes écartées, le cordon ombilical qui dit bonjour à l'auditoire et ta tête de -shootée- à la péridurale. Oh le tableau !**

## NADIA

**Et Kanel qui prend le cordon ombilical et qui t'étrangle avec.**

## JUSTIN

**Ça ne risque pas d'arriver, je m'arrangerai pour être à des milliers de kilomètres de la maternité.**

*Ils se marrent. Puis, le silence se fait. Nadia se met à pleurer de façon comique.*

## NADIA

**Qu'est-ce que je vais devenir, moi.**

## JUSTIN

*(Il se rassoit.)* **Ça fait chier tout ça. On se marrait bien. Je suis un poisseux. On n'a couché que deux fois ensemble et il faut que ça tombe sur moi, le coup de la nana enceinte. Comme si je n'avais pas assez de galères avec mon chieur.**

## NADIA

**Un chieur !?... Tu veux dire que tu as un enfant ?**

## JUSTIN

Ouais. Ça t'en bouche un coin, hein ? Eh ouais, je suis père, et même marié. La méga erreur de ma life. Elle m'en demande toujours plus ; jamais satisfaite. Elle m'a pourri la vie dès l'instant où j'ai dit ce mot, en somme, si simple et dénué de malheur : Oui, j'ai dit oui !… Je n'ai jamais compris pourquoi les bonnes femmes attendent le mariage avant de sortir les ongles et les crocs.

## NADIA

Parce que nous, on est beaucoup plus intelligentes que vous. Dès que vous sentez qu'on est accros vous vous montrez tels que vous êtes : égoïstes, lâches et *persos* à *donf.* Pourquoi vous nous racontez tous ces bobards ? Pour qu'on succombe et pour nous retirer ça dès qu'on est complètement et éperdument amoureuses de vous ? Une fois qu'on a compris qu'on ne vous changera pas, autant se marier pour en tirer quelques avantages pécuniaires. Parce que malgré tous vos défauts, il est impossible de ne pas vous aimer. Notre cœur de femme nous contraint à l'asservissement à l'homme, alors qu'on pourrait aisément vous dominer, puisque votre arrogance vous rend faibles et déloyaux.

## JUSTIN

Je n'ai pas compris, là. C'est comique ce que tu viens de dire ? Parce que franchement ton humour est naze, si c'est ça. *(Nadia affiche un air grave. Justin range son sourire.)* Je présume que Kanel est ta première femme. *(Nadia reste silencieuse.)* Je me demande ce qu'il a pu te faire cet homme pour que tu en arrives à ne plus croire en nous.

## NADIA

Si tu veux comprendre, tu n'as qu'à t'analyser. *(Justin baisse la tête, très mal à l'aise.)* Pourquoi tu ne me l'as pas dit ?

**JUSTIN**

Quoi ?

**NADIA**

Que tu es marié ?

**JUSTIN**

Je n'aime pas parler de ma vie privée.

**NADIA**

Ce n'était pas ta mère, tout à l'heure au téléphone.

**JUSTIN**

*(L'air dépité.)* Non, c'était elle.

**NADIA**

Tu l'aimes, ta femme ?

**JUSTIN**

Ça dépend des jours. *(Nadia éclate de rire.)* C'est ça, marre toi.

**NADIA**

Tu ne veux tout de même pas que je me mette à pleurer ? Tu es vraiment un salaud, toi.

**JUSTIN**

Non, mon psy me dit que je ne suis pas un salaud. Je suis extrêmement perturbé. Ce n'est pas pareil. Je ne suis en aucun cas responsable de mes travers.

**NADIA**

C'est ça, dédouane-toi avec la bénédiction de ton psy de merde. Pour sortir un truc pareil faut qu'il soit un mec ton psy... Alors, c'est un mec ? *(Il lui lance un regard qui veut tout dire.)* **J'en étais sûr, même dans le travail c'est difficile d'avoir une neutralité quand on est un mâle. L'espèce mâle est le mal personnifié en somme.**

### JUSTIN
**J'ai vécu des choses terribles dans mon enfance dont on ne sort pas sans égratignures.**

### NADIA
**D'accord. Mais tu sais que tu n'es pas le seul à avoir vécu des trucs de dingues dans ton enfance. Pourquoi les hommes ont besoin de s'apitoyer sur leur sort pour nous gagner à leur cause ?**

### JUSTIN
**Je ne suis pas dans l'apitoiement. Moi, c'est bien plus grave que les autres.**

### NADIA
**Oh, pauvre chou. Ton père t'a baffé parce que tu as fumé un joint avec tes potes délinquants ?**

### JUSTIN
**Non. J'aimais ma mère.**

### NADIA
**Oh… Tu es atteint du syndrome d'Œdipe ?**

### JUSTIN
**Quoi ?**

### NADIA
**Tu avais des vues sur ta mère ?**

**JUSTIN**

Quoi ! Mais c'est dégueux ce que tu me dis !

**NADIA**

Tu me dis, avec ton air de cocker que tu aimais ta mère.

**JUSTIN**

Et alors ? Toi, tu n'aimais pas ta mère ?

**NADIA**

Oui, mais moi je n'ai jamais eu recours à un psychanalyste parce que j'aime ma mère.

**JUSTIN**

Mon père trompait ma mère.

**NADIA**

...Et ?

**JUSTIN**

A maintes reprises.

**NADIA**

Donc, toi ça t'a traumatisé, alors tu reproduis inconsciemment le schéma de pensée de ton père.

**JUSTIN**

Putain mais tu es trop forte ! Tu as tout compris !

**NADIA**

Bah jusque-là, ce n'est pas très dur. Tu es le type même de personne qui rejette la responsabilité de ses actes répréhensibles sur une enfance régie par un homme volage, qui lui-même, avait dû connaître une enfance au sein d'une famille dont le patriarche avait le même problème. Et ne trouvant pas en sa femme le soulagement sexuel nécessaire à son épanouissement, il a pris une maîtresse.

### JUSTIN
Quoi !?

### NADIA
Bref, vous tournez en rond depuis plusieurs générations en refoulant votre responsabilité et en rejetant la faute sur vos aïeux, sans jamais vous remettre en question sur votre incapacité à ranger votre saloperie de queue dans votre caleçon.

### JUSTIN
Quoi !? Mais c'est n'importe quoi ! Je n'ai pas dit ça.

### NADIA
Et voici la preuve flagrante -le déni-. Tu es dans le déni de ta propre responsabilité à troncher d'autres femmes que la tienne.

### JUSTIN
Mais n'importe quoi ! Tu es bien une bonne femme, toi, tu ne comprends rien à rien. C'est à cause de mon père si je trompe ma mère.

### NADIA
Hein ? Qu'est-ce que tu as dit ?

### JUSTIN
Comment ça, qu'est-ce que j'ai dit ?

### NADIA
Tu viens de dire que c'est à cause de ton père que tu as trompé ta mère.

**JUSTIN**

Quoi ? Mais n'importe quoi.


**NADIA**

Ton psy a raison, tu n'as jamais supporté que ton enfoiré de père se tape ta mère. Freud avait tout compris. Elle est vivante ta mère ?


**JUSTIN**

Bah ouais !


**NADIA**

Bah, tape-toi ta mère et comme ça tu seras guéri de ce symptôme œdipien.


**JUSTIN**

Mais tu es malade ou quoi ?


**NADIA**

Non pas du tout. J'ai toujours pensé que si on a un fantasme handicapant, il fallait l'amener à son paroxysme pour qu'il s'annihile de lui-même. Quand tu te seras tapé ta mère, tu réaliseras que ce n'était pas le pied. Ta vie reprendra son court et l'adultère ne sera plus qu'un mauvais souvenir. Tu vivras heureux avec ta femme et tes mioches. *(Justin réfléchit. Nadia s'en inquiète.)*... Eh Justin, je déconnais là. Je me doute bien que tu n'as pas envie de te farcir ta gentille mère toute fripée. Et ne t'y méprends pas, même si je ne la connais pas ta mère, j'ai le plus grand des respects pour elle et toutes ces femmes qui se coltinent des infidèles. *(Justin réfléchit toujours. Nadia s'en inquiète de plus belle.)* **Qu'est-ce que tu as ?**

**JUSTIN**

C'est dingue. Cela fait plus d'un an que je vois mon psy et il ne m'avait jamais fait comprendre ça.

**NADIA**

Quoi ?

**JUSTIN**

Que je trompe ma femme parce qu'avant moi mon père trompait ma mère, qu'avant lui mon grand-père trompait ma grand-mère et ainsi de suite. Je suis soulagé. Je ne suis en rien responsable de mes agissements. Alléluia, je suis innocent ! *(Il la prend dans ses bras.)* Je suis guéri !

**NADIA**

Justin ?

**JUSTIN**

Non, poupée, c'est *Justin (avec l'accent anglais.)*

**NADIA**

Si tu étais guéri, mon gars, tu ne me serrerais pas dans tes bras.

**JUSTIN**

Mon symptôme est guéri, je n'ai pas dit que je n'avais plus envie de tromper ma femme. Je suis juste soulagé de savoir pourquoi je le fais.

**NADIA**

Cela n'explique pas pourquoi tu as fait ce lapsus avec ta mère.

## JUSTIN

Alors là, je bloque. Mais crois-moi, je n'ai jamais fantasmé sur ma mère. Et si tu voyais sa tronche tu comprendrais pourquoi. Et tu comprendrais sans problème pourquoi mon père la cocufiait. Plus grosse qu'elle, tu meurs. Elle s'est même fait poser un anneau gastrique. Ça n'a pas marché, elle l'a fait exploser en bouffant comme une truie. Alors, elle a fait le *Bypass*, et là elle a perdu un bonhomme. Soixante-dix kilos en un an. Mais même avec sa taille de guêpe, elle ne donne pas envie, ma mère... Mon genre c'est les jeunes femmes dans ton genre. Belle, séduisante, manipulatrice, coquine et plein d'autres compliments que je ne saurais citer.

*Il s'apprête à l'embrasser. Kanel entre.*

## KANEL

Eh, qu'est-ce que vous faites !?

*Elle se précipite sur eux, attrape Nadia et se met entre eux.*

## JUSTIN

Du calme, Kanel ! On répétait une scène.

## KANEL

Vous n'avez aucune scène qui nécessite un tel rapprochement.

## JUSTIN

Elle m'aidait à retenir mes répliques de la parodie sur *Les feux de l'amour* que je travaille avec mon autre groupe de théâtre. *(Il prend le texte dans son sac discrètement.)* Tu te souviens, Kanel, tu m'as même aidé l'autre jour.

57

## NADIA

Tu vois le mal partout, ma chérie. Bah alors, tu es jalouse ? *(Elle la prend dans ses bras tendrement.)* **Tu te battrais pour moi ?** *(Elle fait un signe positif de la tête.)* **Tu l'embrocherais avec ce glaive pour te venger ?**

## JUSTIN

*(Il rit.)* **C'est du bois. Faut t'accrocher pour tuer quelqu'un avec ce truc.**

## NADIA

Rien n'est impossible quand on a la haine.

## KANEL

Si quelqu'un touche à ma femme je le tue même avec une petite cuillère. *(Elles se font un baiser d'esquimaux sous l'œil écœuré de Justin.)* **Bon, puisque le metteur en scène ne viendra pas ; on peut répéter ta parodie. En plus je l'adore ce truc. Je connais les dialogues sur le bout des doigts. C'est quel personnage que tu as pris, mon petit loukoum ?**

## NADIA

Euh.

## JUSTIN

Dis donc, aucune mémoire Nadia. Tu crains pour une comédienne. Vingt minutes qu'on travaille dessus, c'est la honte. Alzheimer te guette grave. *(Elle lui fait une grimace.)* **C'est le rôle d'Oups, Kanel. Si tu n'as pas besoin du texte, je le laisse à Nadia.** *(Il lui tend le texte en parlant en sourdine.)* **C'est le texte qu'on a travaillé au lit la fois où tu étais indisposée.** *(Nadia lui arrache le texte, la mine obscure.)*

## KANEL

Tiens, chérie.

*Elle lui tend un paquet.*

### NADIA
C'est quoi ?

### KANEL
Bah, ton croissant aux amandes.

### NADIA
Ah oui, c'est vrai ! Merci.

### KANEL
Merci, c'est tout. Je viens de me taper vingt minutes de marche et c'est un tout petit -merci- auquel j'ai droit !

### NADIA
Tu crois quoi, que je vais t'en être reconnaissante jusqu'à la fin de ma vie ?

### JUSTIN
*(Kanel regarde Justin, complètement déstabilisée.)* Ne me regarde pas comme ça. Je n'ai jamais rien compris aux femmes, et dans votre cas, je nage totalement. Tiens, Kanel. *(Il leur tend le texte.)* Et ça c'est pour toi, Na-di-ne. Tu fais comme tout à l'heure. Et si tu ne t'en souviens pas, Nadia, je sais que tu as de l'imagination à revendre. Donc, moi je suis Victor. Toi, tu es Brandon et Nadia, Oups. Nadia, tu sors et tu entres au moment où c'est écrit dans le texte.

### KANEL
J'adore jouer les mecs !

### JUSTIN
Non, sans blague. *(Il se marre.)* Fais-toi implanter une queue, ça règlera bien des problèmes.

59

**KANEL**
Tu es atrocement vulgaire, mon gars.


**JUSTIN**
Merci du compliment. Ça me va droit au cœur.


*Nadia pose le croissant sur le siège sous l'œil désappointé de Kanel. Au passage, elle prend des habits sur le portant et se met derrière le paravent. Justin chantonne en se mettant une moustache et une veste avant de se mettre en place. Il chante sur l'air d'« amour, gloire et beauté »*


**JUSTIN**
Glamour, les feux d'la gloire !
Séries qui tournent en rond
Et ç'la depuis trente ans
Et on en d'mande quand même


*Kanel continue.*


**KANEL**
Dix épisodes ratés
On peut suivre sans r'garder
Les scènes sont redondantes
Et on en redemande


*Nadia passe sa tête au-dessus du paravent et chante.*


**NADIA**
Mémé jubile d'enfer
Glamour est dans sa vie
L'amour des feux de Zeus
Histoires divinatoires


*Justin, Kanel et Nadia chantent en chœur.*

**JUSTIN, KANEL et NADIA**
**On chante tous ç'la en chœur**
**Pour vous… super… public !**

*Kanel sort. Elle revient de suite et se dirige avec rage vers Justin qui arbore sa moustache avec fierté. Le jeu des comédiens est très exagéré, voir burlesque.*

**KANEL : BRANDON**
**Victor, comment as-tu osé ?**

**JUSTIN : VICTOR**
**Brandon, j'ai osé, j'ai agi !**

**KANEL : BRANDON**
**C'est pareil.**

**JUSTIN : VICTOR**
**Non, c'est pas pareil.**

**KANEL : BRANDON**
**Ah si c'est pareil !**

**JUSTIN : VICTOR**
**Non c'est pas pareil !!!**

**KANEL : BRANDON**
**J'ai la curieuse sensation que le scénariste ne s'est pas trop foulé en pondant ce texte de merde.**

**JUSTIN : VICTOR**
*(Il sort une feuille de sa poche et la jette.)* **On jette la page et on recommence. Alors, Tu me veux quoi ?**

### KANEL : BRANDON
Tu me veux !? Non, tu te m'éprends, je ne t'ai jamais désiré.

### JUSTIN : VICTOR
Je voulais dire, pourquoi es-tu ici !?

### KANEL : BRANDON
Oh, pardon. J'ai pénétré ta demeure pour te faire part du mariage que tu dois contracter avec…

### JUSTIN : VICTOR
Oups, Nick, Ashley !

### KANEL : BRANDON
Quoi ? Tu veux dire que Oups a niqué Ashley !

### JUSTIN : VICTOR
Non, c'est leur nom. J'ai épousé Oups en premier, après Nick et ensuite Ashley. Mais, elles ne m'ont jamais compris. Moi, un homme d'une telle finesse d'esprit. Alison, elle, elle est capable de me comprendre.

### KANEL : BRANDON
Oui, mais c'est à moi qu'elle appartient. Je veux épouser Alison, comprends-moi, toi tu en as déjà eu trois.

### JUSTIN : VICTOR
Oui, et trois divorces.

### KANEL : BRANDON
A qui la faute ?

### JUSTIN : VICTOR
*(Il chante avec l'air de la chanson Lolita.)* C'est pas ma faute ; et quand je lui donne mon p'tit kiki, elle est pas contre.

## KANEL : BRANDON
Et tu vas te la fermer !

## JUSTIN : VICTOR
Ok, tu veux te battre !

*L'air de la chanson s'arrête. Victor sort son gant et le gifle avec.*

## KANEL : BRANDON
Ouille ! Mais tu m'as fait mal. Ce n'est pas du jeu. Quel est le scénariste de merde qui a écrit ce texte !

## JUSTIN : VICTOR
T'inquiète, le scénariste est sadique. Il a décrété que je dois te tuer dans deux épisodes.

## KANEL : BRANDON
Oh chouette, tu penses qu'on pourra me réincarner dans un prochain épisode, car moi, j'aimerais bien jouer un super beau gosse et arrêter de jouer cet empafé de Brandon.

*Nadia, prenant un accent britannique, quitte le paravent habillée en robe courte avec une poitrine très imposante.*

## NADIA : OUPS
Oh, Victor, je dois te parler !

## JUSTIN : VICTOR
De quoi, mon eeeexxxxxxxxx ?

## NADIA : OUPS
Victor, je suis Oups et j'ai envie de niquer Ashley. Et je le dis, sans jeu de mot.

### JUSTIN : VICTOR
J'ai pas tout saisi.

### NADIA : OUPS
Je suis lesbienne, merde ! Tu as vraiment un pois chiche à la place du cerveau. Quand je pense que ça a trente ans de soap opéra. Ecoute bien, ce que j'ai à dire. Je veux que tu divorces immédiatement. Ainsi, tu libéreras Ashley de tes griffes acérées et de ta moustache que tu arbores depuis trente ans. Dire que tu as osé la porter dans *Titanic*. C'est d'un vulgaire. Tu devrais apprendre un peu à te travestir pour passer inaperçu.

### JUSTIN : VICTOR
Ma moustache est une antiquité, elle ne saurait quitter ma si belle personne.

### NADIA : OUPS
Mais on s'en fout de ta moustache !!! Je t'ai dit que je voulais niquer Ashley ! Et tu ne m'en empêcheras point ; Dieu m'en est témoin !

### JUSTIN : VICTOR
Alors, si elle veut ce divorce, je demande 70 % de part car j'ai été durant neuf ans un homme incompris, miséreux et battu. *(Il pleure.)* Oui j'ai été un homme battu, je l'avoue. Je n'ai plus aucune fierté à le cacher. Ashley a été une vraie pourriture avec moi. Je te la concéderais sans le moindre regret. Moyennant oseille.

### KANEL : BRANDON
*(Il rit.)* Tu es grotesque Victor. Ta victimisation fait peine à voir. Quand on sait que cinq minutes plus tôt tu m'avouais, sans sourciller, que tu voulais prendre Alison, et pas que par derrière, j'en suis sûr.

### NADIA : OUPS

Quoi ! Tu avais déjà l'intention de divorcer et tu oses prétendre être bafoué pour obtenir de l'argent d'une pauvre femme qui a dû te piper pendant près d'une décennie. Tu es aussi vil que ta moustache est sournoise. Il n'y a rien en toi qui vaille que je me comporte, à ton égard, en homme civilisé.

### JUSTIN : VICTOR

*(Il rit.)* Mais Oups, tu n'es pas un homme.

### NADIA : OUPS

Ah oui, tu crois ça… Alors regarde ce que j'ai fait pas amour pour Ashley.

*Elle soulève sa robe. Victor et Brandon hurlent en cœur. Puis ils regardent, très intéressés.*

### JUSTIN : VICTOR

C'est très… grandiloquant.

### KANEL : BRANDON

Démesuré !

### JUSTIN : VICTOR

Galactique.

### KANEL : BRANDON

Titanesque.

### JUSTIN : VICTOR

DiCaprionien, je dirais même. Cela nous laisse peu de chance de conquête.

## KANEL : BRANDON
C'est dégueulasse !

## NADIA : OUPS
Je savais que cela allait vous laisser bouche bée. Si vous voulez la même, appelez le docteur McNamara et le docteur Troy de la série Nip/tuck. Ils feront des miracles sur vous.

*Nadia rit, puis se détourne en se déshabillant, montrant ainsi l'énorme soutien-gorge quelle porte.*

## KANEL
Où tu vas !?

## NADIA
Franchement, j'ai trop de texte à travailler pour continuer sur celui-là. Tu vas jouer ça où, Justin ?

## JUSTIN
Je n'en sais rien. Je prospecte pour le moment.

## NADIA
A mon avis tu es mal barré pour vendre un truc pareil.

*Kanel récupère le croissant sur le siège et le met sous le nez de Nadia.*

## KANEL
Tu ne le manges pas ton croissant ?

## NADIA
Mais tu me fais chier avec ton croissant !

**KANEL**

C'est moi qui te fais chier alors que je viens de me taper vingt minutes de marche pour satisfaire madame, qui ne veut même pas le bouffer en plus ! Tu n'es qu'une capricieuse, imbuvable et caractérielle !

**NADIA**

La faute à qui ?

**KANEL**

Tu vas me le faire payer combien de temps avant d'être pardonné ?

**JUSTIN**

Kanel a des choses à se faire pardonner ? C'est comique ça.

**NADIA**

Oui !... Justin, qu'est ce qu'il y a d'impardonnable et d'irréparable dans un couple !?

**JUSTIN**

Alors là, je donne ma langue à ta chatte. *(En aparté à Nadia, en lui tirant la langue.)* Et quand tu veux je te la donne, ma belle.

**NADIA**

Vas-y, Kanel. Dis-le ?

**KANEL**

*(Elle baisse la tête.)* L'adultère.

**JUSTIN**

Quoi !? *(Il se met à rire.)* Kanel ?... Non, je n'y crois pas. Avec sa tronche, elle a réussi à se faire une gonzesse ?

**NADIA**

*(Elle met deux claques à Justin.)* **Kanel est une femme merveilleuse... Et bonne… Et…**

**JUSTIN**

**Pas belle !** *(Il se marre.)*

**NADIA**

**Ma femme est la plus belle qui soit !**

**JUSTIN**

**Il n'y a pas de doute, l'amour rend vraiment aveugle.**

**KANEL**

**Combien de temps dois-je supporter tes caprices avant que tu passes à autre chose ? Tu ne me pardonneras jamais cette erreur ?**

**NADIA**

**Pétasse !** *(Elle claque, Kanel.)* **Tu appelles ça une erreur, toi ?**

**JUSTIN**

*(Il jubile.)* **Oh j'adore, c'est trop classe les disputes de couple. Surtout quand les bonnes femmes en arrivent aux mains.**

**KANEL**

**Ta gueule, toi !** *(Elle le claque.)*

**JUSTIN**

**Merde ! La garce !**

**KANEL**

**Ça te fait jouir ?**

**JUSTIN**
C'est dans ta femme que j'ai jouit !


**KANEL**
*(Elle reste interdite un bref instant. Elle s'avance vers Nadia, qui recule. Justin se planque derrière elle.)* **De quoi il parle, Nadia ?**


**NADIA**
*(En sandwich.)* **Rien, rien. Il divague. Il veut juste te mettre en colère en inventant des histoires abracadabrantes.**


**JUSTIN**
*(Il s'avance vers Kanel. Nadia est toujours coincée et ballotée entre les deux.)* **Je n'invente rien du tout. Je me suis tapé ta femme à deux reprises. Et je ne compte pas les fois où j'ai joué à touche pipi avec elle.**


**KANEL**
*(Elle s'avance vers Justin. Nadia est toujours coincée entre les deux.)* **N'importe quoi ! Tu dirais n'importe quoi pour me faire enrager. Nadia ne me ferait jamais ça ! Elle n'est pas comme nous, elle !**


**JUSTIN**
*(Il s'avance vers Kanel. Nadia est toujours coincée entre les deux.)* **Ah ouais ? Alors demande-lui. Regarde-la dans les yeux, et tu comprendras qu'elle est comme nous deux. Une personne qui ne croit plus en l'amour, parce qu'elle a été flouée !**


*Ils se sont arrêtés. Nadia a les yeux baissés. Kanel regarde Justin car elle n'ose la regarder. Kanel attend qu'elle la regarde. Elle lève les yeux. Elles ont les larmes aux yeux. Puis, ne pouvant plus soutenir son regard Nadia s'avance vers le public. Justin, apeuré que Kanel lui en mette une, s'écarte d'eux et se met dans le coin le plus éloigné d'elles. Après un long silence…*

### NADIA
Ce n'était pas intentionnel. C'est arrivé comme ça.

### KANEL
Pas intentionnel ? Deux fois ?

### NADIA
Disons que… une partie de mon cerveau était d'accord et l'autre… a pris congé de sa raison.

### KANEL
Mais tu l'as fait. Pour te venger, parce que je t'ai fait mal… Et ce Judas, là, en a profité pour se jeter sur toi !

### NADIA
*(Elle lui fait face.)* Ce n'est pas de sa faute. J'ai tout fait pour qu'il craque.

### KANEL
Tu as dansé pour lui sur le morceau de danse orientale que j'affectionne ?

### NADIA
J'ai fait pire. Je lui ai fait un striptease.

### KANEL
*(Elles se sourient douloureusement.)* Celui avec la tenue d'infirmière ?

### NADIA
Non, celui avec la tenue d'*Alice aux pays des merveilles*.

## KANEL

**Tu m'étonnes qu'il ait craqué…** *(Elle lui tient la taille. Et lui caresse une mèche de cheveux.)* **Tu es magnifique quand tu portes cette perruque blonde.**

## NADIA

*(Elle se serre contre elle. Elles se regardent avec amour.)* **Si tu veux, je me teindrai pour toi.**

## KANEL

**Tu ferais ça pour moi, malgré que tu détestes les blondasses ?**

## NADIA

**Je ferais n'importe quoi pour toi, si cela pouvait effacer l'image de toi avec cet empaffé de Jan-Luc !... Tu m'as fait mal, Kanel. Et je suis désolée d'avoir pour seule défense la tromperie. A chaque fois que j'ai utilisé Justin, c'était pour que tu débarques et que tu nous trouves. Mais à chaque fois que je t'ai demandé de venir à la maison, tu as trouvé le moyen d'être retenue ailleurs… Je voulais que tu saches ce que ça fait de voir son amour dans les bras d'un autre.**

## JUSTIN

**Déjà que j'ai jamais rien compris aux gonzesses, mais des lesbiennes qui se tapent des mecs, je pige pas. Vous préférez quoi finalement, les filles ?**

## KANEL

**Ne cherche pas Justin, tu n'es pas assez évolué pour comprendre.**

## JUSTIN

**Je suis assez évolué pour comprendre, Nadia, que tu m'as utilisé pour te venger. C'est dégueulasse ! Moi qui croyais**

que tu avais un faible pour moi. Au final, tu m'as traité comme un joujou qu'on jette dès qu'on en a plus besoin. Quand je pense que j'y ai cru.

### NADIA
Arrête de faire ta pitié, Justin, ça ne marche pas.

### JUSTIN
Tu devrais t'agenouiller là et me supplier de te pardonner. Et si j'ai le courage d'être fairplay, vu la position, peut-être que je te laisserai me faire une petite gâterie pour te prouver que je te pardonne.

*Il rit.*

### KANEL
L'écoute pas, Nadia… Pardonne-moi, d'avoir eu cet instant de faiblesse. Je m'en veux tellement. Je te jure que cela ne m'arrivera plus jamais.

### NADIA
Tu en es sûr ?

### KANEL
Je le jure sur la croix de bois et la croix de fer.

### NADIA
Tu as intérêt à tenir parole, sinon tu iras direct en enfer.

### KANEL
-No souci-, je n'ai qu'une parole.

*Elles se serrent dans les bras. Justin s'approche.*

**JUSTIN**
En réalité, je vous ai rendu grave service. J'adore les happy-
ends !

*Kanel lui envoie son poing dans le ventre.*

**KANEL**
Maintenant c'en est un. On est quittes, mon pote.

**JUSTIN**
Merde !... Merde. Merde, merde, merde ! Eh, c'est pas ma
faute à moi si ta pacsée m'a fait du rentre dedans. Et tu
devrais me remercier, car grâce à moi tu vas être… On dit
quoi dans ces cas-là, père ou mère ?

**KANEL**
Quoi !?

*Elle regarde Justin, qui se rend compte qu'il a fait une bêtise en
avouant ça. Kanel regarde sa femme qui lui sourit
nerveusement.*

**NADIA**
Surprise, chérie !

**KANEL**
Quoi ! Tu n'as pas pris de préservatif avec toutes les
saloperies qui trainent !?

**NADIA**
Si, je te jure, mais il a craqué.

**JUSTIN**
Je suis trop bien bâti, ils craquent tous.

**KANEL**

Ta gueule, toi ! Nadia, comment tu as pu me faire ça ? Moi j'ai fait attention pour toi.

**NADIA**

Quoi pour moi !? Tu es dingue ! De toute façon, tout ça c'est de ta faute. Et tu aurais dû débarquer à la maison quand je te l'ai dit pour nous interrompre avant qu'il ne soit trop tard ! On ne serait pas dans la merde.

**KANEL**

C'est ma faute, maintenant !?

**NADIA**

Si tu t'étais tenue au lieu de t'enfiler Jan-Luc, on n'en serait pas là !

**JUSTIN**

Je ne voudrais pas interrompre cette scène d'amour mais…

**NADIA-KANEL**

Ta gueule !

**JUSTIN**

Ok, ok, crêpez-vous le chignon, les filles.

**KANEL**

Comment, ça peut m'arriver un truc pareil. Comment je vais faire passer un truc pareil *(elle vise Justin.)* pour mon gosse ? Hein, tu m'expliques !?

**NADIA**

Il ne sera peut-être pas comme lui.

### JUSTIN

Moi, je vote pour qu'il me ressemble, *Angelina Jolie.* *(Il rit en se frottant la joue.)*

### KANEL

Ma mère, elle voulait que ce soit moi qui porte l'enfant. Elle n'en voudra pas si elle te voit enceinte à ma place.

### NADIA

Mais qu'est-ce que vous avez tous avec vos mères ? Tu vas la lâcher, ta mère ! Dès que mon ventre sera visible, on ira vivre ailleurs. On lui annoncera dès que j'aurais accouché. Elle ne le remarquera même pas ton gosse avec la ribambelle de petits moutards qu'elle a déjà !

### KANEL

Elle le remarquera, parce qu'elle a un sixième sens. Elle flaire un bâtard à mille mètres !

### NADIA

Eh, tu ne traites pas mon gosse de bâtard !

### JUSTIN

*(Dos à eux, il tape sur un mur imaginaire.)* Un, deux, trois répèt ! *(Il leur fait face. Nadia et Kanel le regardent, surprise.)* Perdu, vous avez bougé !

### KANEL

Toi, je vais te tuer ! *(Elle le poursuit autour de la salle.)* Pourquoi tu te sauves, lavette ? Tu as peur de moi ?

### JUSTIN

*(La narguant.)* Tu devrais me remercier, Madame la stérile. Grâce à moi, tu vas être papa.

## KANEL
Espèce de dégueulasse, viens-là !

## JUSTIN
Tu ne m'attraperas pas, heu !

*Ils sortent en courant. Nadia reste seule. Elle sourit.*

## NADIA
Ah mon avis, la répèt est finie. *(Elle prend son téléphone et appelle en ajustant son kit main libre.)*... Jean-Pierre ? C'est bon, tu es dans le TGV ?... Oui, bien sûr, tout va bien... Oui, oui, on a travaillé de la scène trois à cinq... *(Elle retire sa fausse poitrine, puis récupère sa gabardine.)* Ouais le niveau de jeu paraît satisfaisant... Justin et Kanel ont exprimé des sentiments des plus véridiques. Jamais, je n'aurais pensé qu'ils puissent être aussi bons... Oui, je t'assure, plus tragédiens qu'eux tu meurs... *(Elle se dirige vers la sortie.)* Je te jure, trop de la balle leur jeu. Je leur décerne un César d'honneur... Non, non, prends ton temps, il faut qu'on ajuste quelques différences de point de vue... Oui, ça diverge un peu, mais rien de grave. Mais parlons de toi, maintenant. Ton séjour s'est bien passé ? Tu as bien profité ?... Oui, bien tant mieux, ça va te donner beaucoup d'énergie pour affronter les vicissitudes de la vie. Parce que de l'énergie, tu vas en avoir besoin, mon gars... Oui, c'est ça. Profite de tes derniers instants de paix.

*Elle sort en chantonnant.*

FIN

# Entrons en scène

**Genre :**
**Mélodrame**

**Nombres de personnages :**
**8**
**5 femmes / 3 hommes**

**Danielle - Franck - Axel - Julie**
**Sara - Coralie - Grégoire - Kenza**
**(Fantôme d'Anaïs)**

**Durée :**
**2 heures**

## SCÈNE PREMIÈRE

*Plein feu.*

*Le décor représente une salle de cours de théâtre. Quelques chaises sont disposées contre les murs.*
*Du côté jardin se trouve une table où est accoudée Danielle, assise en tailleur sur un tabouret. Elle tient un stylo à la main et observe une feuille d'un air songeur. Au fond de la salle, un jeune garçon est allongé à même le sol, il semble dormir. Sur le mur côté cours, se dessine la seule porte d'entrée de l'immense pièce. Un jeune homme y apparaît. Il reste un instant dans l'encadrement de la porte. Il observe autour de lui et semble porter un vif intérêt à cette salle pourtant quelconque. Finalement, son regard se pose sur la jeune femme assise. Elle ne l'a pas entendu entrer. Il s'avance vers elle, le sourire aux lèvres.*

### AXEL
**Salut Danielle. Je n'suis pas trop en retard ?**

*La femme surprise, sursaute. Elle adresse un air malicieux à Axel.*

### DANIELLE
**Vous êtes tous en retard !**

## AXEL

Ah, ouais ! *(Sourire charmeur.)* **Hum, dans ce cas, *bella*, lève-toi, très chère !**

*Elle saisit les deux mains qu'il lui tend, et se lève. Axel s'assoit sur le tabouret et, d'un geste brusque, attire Danielle sur ses genoux en l'agrippant bien fermement à la taille.*

## DANIELLE

**Lâche-moi !**

## AXEL

**Eh, c'est moi !**

## DANIELLE

**Merci de me le rappeler.** *(Un demi-sourire.)*

*D'un geste brusque, elle se lève, ainsi que le jeune garçon allongé au fond de la salle. Axel, l'air dépité, fait de même.*

## AXEL

**Je vois que mon charme fou n'opère plus !** *(Il se dirige vers la porte à reculons, tout en regardant Danielle.)* **Je n'ai plus qu'à te dire « adieux ! ». Oh toi, fleur que m'interdit de butiner ta raison. Puisque tu ne peux laisser ton cœur parler, préférant rejeter loin de ton être toute pensée d'amour. L'âme emplie de peine, je bannis les élans de ma noble personne et te quitte en ce jour des plus funestes !**

*Danielle se met à rire. Derrière lui, une jeune fille vient de faire son entrée. Elle le regarde étonnée, avant qu'Axel, dos à elle, ne la percute.*

## JULIE

**Je ne te connais pas, mais tu dois être un sacré baratineur.**

## AXEL

Et bien plus, jolie damoiselle. Je me nomme -Axel le magnifique-, pour te servir.

*Il lui baise la main, le regard charmeur. Elle rit.*

## JULIE

Tu t'es toi-même appelé ainsi ? *(Elle fait mine de regarder les jambes d'Axel.).* Tes chevilles gonflent à vue d'oeil, mon p'tit père... *(S'avançant vers Danielle.).* Ne me dis pas que ce type fait partie de notre groupe de théâtre ?

## AXEL

*(Véxé)* Excuse-moi Dani, je vais répondre à ta place. Oui, et j'ai même un des rôles principaux. Je suis Dorian, fils de Lauriane et j'ai quatre frères qui complotent avec moi pour évincer Maddy ; en espérant que tu ne joues pas Maddy car sinon je démissionne.

## JULIE

Si je jouais Maddy, j'aurais moi-même rayé toutes les scènes de baisers du texte. Ton haleine fétide empeste jusqu'à la lune.

## AXEL

*Pétruchio* t'aurait certainement répondu, mégère : « Ce n'est pas la lune mais le soleil qui nous éclaire ».

## JULIE

Mon pauvre vieux, tu es encore plus atteint que je ne l'aurais cru. Cette salle ne possède aucune fenêtre et ce qui t'éclaire n'est certainement pas la lanterne qui te sert d'esprit.

**DANIELLE**

*(Riant.)* Temps mort. Même si la balle est du côté de Julie.


**AXEL**

Elle n'aurait pas été de son côté bien longtemps.


**DANIELLE**

Axel ! Et toi Julie, pareil ! Pour ta gouverne, je t'annonce que tu as douze minutes de retard.


**JULIE**

Eh ! Personne n'est parfait. Et si je regarde autour de moi, je suis moins en retard que certains.


*Le jeune homme au fond de la salle s'approche.*


**FRANCK**

Mais plus en retard que moi.


**JULIE**

Salut Franck ! Comment va ?


**FRANCK**

Bien. Tu as l'air en pleine forme. *(Se tournant vers Axel d'un ton ironique.)* Salut, Axel -le magnifique-. Je suis vraiment heureux que tu sois là. La semaine dernière, il n'y avait que des filles. Je faisais un peu tache dans le décor.


**AXEL**

Que des filles ? Wah ! Moi, je risque de me fondre dans le paysage. Tu joues quoi dans cette pièce?

## FRANCK

Je ne joue pas. Je suis l'éclairagiste. Je dépose les accessoires, je pousse les chaises. Bref, le larbin de la pièce, quoi !

*Entrent Coralie et Sara. Cette dernière arrive en claudiquant.*

## DANIELLE

Franck aime s'apitoyer sur son sort... Tiens, voilà les deux plus belles.

## CORALIE

Bonjour, bonjour la petite troupe.

## JULIE

*(Parlant à l'oreille d'Axel)* Voilà la plus chiante.

## CORALIE

*(Très bourgeoise et maniérée.)* Un bisou pour toi et un pour toi et un pour... *(Elle s'arrête net devant Axel -d'origine antillaise- en écarquillant les yeux.)* Oh, vous...

## AXEL

Je !?

## CORALIE

Vous êtes...

## DANIELLE

Coralie, pas de propos déplacés ici.

## CORALIE

Mais, je n'ai rien dit qui fusse déplacé. C'est juste que je suis un peu surprise... Mais après tout, après les arabes, pourquoi pas... Je le trouve un peu typé, pas vous ?

**DANIELLE**

Coralie ! Je crois que tu devrais t'arrêter là.


**JULIE**

Ou sinon c'est moi qui vais te fermer ta grande bouche de - cistera-.


**CORALIE**

-Cistera- !?


**DANIELLE**

Ça veut dire raciste en verlan.


**JULIE**

Elle sait très bien ce que ça veut dire. Et puis on en a marre d'elle, de ses manières de bourge, de ses propos diffamatoires.


**DANIELLE**

Tais-toi, Julie. C'est qui, -on- ? Sara ?


**SARA**

*(Elle s'avance vers Danielle en claudiquant et la regarde timidement.)* Julie a dit...


**DANIELLE**

*(Sévèrement.)* Ce n'est pas l'avis de Julie que je veux !


**SARA**

...Je crois que Coralie a tout comme nous... envie de faire du théâtre. Et je pense qu'elle doit faire des efforts et nous aussi. Coralie n'est pas raciste, elle n'est pas habituée à la différence, c'est tout.

**FRANCK**

Je pense comme Sara. Elle a droit à une seconde chance.

**JULIE**

Sara ! Je croyais que tu étais de mon côté ! *(Sara baisse la tête.)* Tu pourrais répondre !

**DANIELLE**

Julie, tu devrais apprendre à respecter le choix des autres, leur particularisme ; et le fait qu'ils ne soient pas du même avis que toi. Sara a juste exprimé ce qu'elle jugeait juste à ses yeux ; et rien n'est plus navrant que de ne pas avoir d'ouverture d'esprit quant à accepter que son prochain puisse exprimer un autre avis sur un sujet quelconque.

**JULIE**

C'est moi qui n'ai pas d'ouverture d'esprit ?

**DANIELLE**

*(Lui administrant une tape amicale.)* C'est à toi d'en juger, ma puce.

**AXEL**

C'est tous les jours comme ça ou est-ce que c'est moi et ma chance qui avons choisi la mauvaise journée pour atterrir ?

**FRANCK**

Y'a des jours plus relaxes et d'autres où *Alep* n'est rien à côté.

**AXEL**

Ta vanne pourrie n'est pas drôle, Franck.

**CORALIE**

Danielle, voulez-vous bien m'excuser d'avoir semé...

**DANIELLE**

Les excuses, c'est à Axel que tu dois les adresser.

**CORALIE**

*(A contrecœur.)* Oui. Je vous demande pardon, jeune homme.

**AXEL**

Excuses acceptées... Mais tu finiras par m'aimer comme toute femme qui se respecte. *(Coralie reste offusquée.)*

**DANIELLE**

Maintenant tenez-vous la main et en rond !... Julie, tu commences.

**JULIE**

Ouais, chef ! Je m'appelle Julie, j'ai vingt-huit ans, j'suis célibataire. Avis aux amateurs !

**AXEL**

*(L'air désinvolte.)* Ouais, eh bien sans moi.

**JULIE**

Qui t'a dit de la ramener, toi ?

**DANIELLE**

Vous n'êtes pas sortables. Dès que nous faisons les présentations, il faut toujours que vous en rajoutiez.

**FRANCK**

C'est ça, le but du jeu. Vu que toutes les semaines on recommence, ça serait vraiment lassant votre histoire.

**CORALIE**

Quelle histoire ?

**FRANCK**

Rien, Coralie. C'était juste pour évoquer différemment notre ronde habituelle.

**DANIELLE**

Tant qu'il y aura des nouveaux, nous recommencerons et cela jusqu'à obtention de tous les personnages nécessaires à la pièce.

**JULIE**

Ok. Je reprends. Je m'appelle toujours Julie, j'ai toujours vingt-huit ans et je suis toujours libre.

**AXEL**

Y'a pas de mal.

**JULIE**

Je suis dans une phase où je suis prête à étrangler Axel et cela ne risque pas de me passer... Je reprends : je suis en cycle universitaire du spectacle. Mon rêve, c'est de devenir une super, super star.

**AXEL**

*(Ironiquement.)* Ouais, ben continue de rêver !

**DANIELLE**

N'écoute pas ses divagations.

**JULIE**

Où j'en étais ?

**FRANCK**

A super star.

**JULIE**

Exact. Eh bien, c'est tout pour le moment.


**FRANCK**

Fais-nous signe quand t'auras changé de statut social.


**DANIELLE**

A toi, Coralie !


**CORALIE**

Je vais donc commencer par le début. Je suis née il y a de cela cinquante-six ans dans une région très belle et très pittoresque de l'Aveyron, où les champs dominent à perte de vue, touchant l'horizon *(Les comédiens se regardent ironiquement.)*, où les arbres se reflètent dans ces lacs où il fait bon se baigner, où la brise du matin vous donne l'impression que nul part ailleurs vous ne verrez tant de magnificence. Où chez...


**FRANCK**

*(S'accoudant à Coralie.)*
Eh dis-moi, pourquoi t'es venue ici, si là-bas c'est si classe ?


**AXEL**

Ouais, c'est vrai ça, pourquoi ?


**CORALIE**

Mon mari est psychologue. Le travail l'a ramené ici. Nous avons donc quitté notre région natale et, sans la moindre conviction, nous décidâmes de nous implanter ici, dans cette région impure et abjecte.


**JULIE**

Impure ? Abjecte ?

### CORALIE

Ma fille est née il y a vingt-quatre ans. Mon mari aurait bien aimé avoir un petit garçon, mais hélas il n'en est rien... Mais il sait que c'est de sa faute. Il dit qu'il n'a pas su donner le bon sexe à son enfant.

### JULIE

Au moins un homme qui se rend compte qu'il est responsable du sexe de son gosse. C'est merveilleux. Ce genre de spécimen est rare. Il y a un homme sur cinquante qui pense comme lui.

### FRANCK

Où t'as lu ces statistiques ?

### JULIE

Nulle part, mais je suis sûre de ce que je dis.

### FRANCK

Tu dis n'importe quoi !

### JULIE

Je ne dis pas n'importe quoi ! Il y a encore plein de crétins qui pensent que c'est la femme qui donne le sexe du gosse, et par-dessus le marché, qui bastonnent ces mêmes femmes comme au siècle dernier.

### FRANCK

Moi je pense pas comme ça, ça te défrise ? *(Il lui fait une grimace.)* Et Axel non plus.

### AXEL

Eh, je n'ai rien dit.

**FRANCK**

Tais-toi, toi. Donc on est déjà deux à pas penser ce que tu penses. Donc sur une salle de deux hommes, on est deux à ne pas penser ce que tu penses que les hommes pensent. D'accord, Axel ?

**AXEL**

Tu sais, j'ai pas trop capté. Entre -tu penses- à répétition et ton brusque énervement sur un sujet que tu n'as pas encore vécu, je nage, moi.

**CORALIE**

Puis-je émettre une opinion ?

**DANIELLE**

Mais bien sûr, Coralie.

**CORALIE**

Ne sommes-nous pas dans un cours de théâtre ?

**JULIE**

Oui, et dans un cours de théâtre, ma p'tite dame, on s'exprime.

**DANIELLE**

Oui, mais sur ce qui concerne le théâtre. Si vous avez envie de discuter de sujets très controversés, vous le ferez à l'avenir quand le cours sera fini. Merci... Coralie, c'est toujours à toi.

**CORALIE**

Avec tout ce déferlement de rage, d'hormones et autres excitations, j'en ai oublié à quoi mes propres propos avaient trait.

## JULIE

**Non mais, elle plaisante !**

*Toute la troupe commence à parler en même temps.*

*Les lumières s'éteignent.*
*La lumière s'allume sur le devant de la scène.*

*Un jeune garçon apparaît. Il jette un regard furtif derrière lui,*
*puis sourit en regardant le public.*

## GRÉGOIRE

**Voilà une troupe qui respire la joie de vivre... Harmonieuse,
quoi !... Je leur donne pas plus de deux semaines avant la
chute. Ca va exploser** *(regard sadique.).* **Y'aura du sang
partout, sur le sol, sur les murs et même sur eux... Ça va
gicler de partout. Wah, c'est génial !...** *(Regard sérieux.)* **Et
vous savez pourquoi cette troupe est destinée à plonger ?...
Hein... Vous savez qui je suis ? Vous savez qui se dresse
devant vous ?** *(Regard hautain.).* **Dans toute sa majesté ?
Hein, vous savez qui je suis ?** *(Il attend, puis commence à
s'énerver. Il gesticule avec un ton qui gagne en intensité.)* **Vous
ne savez pas qui je suis !? Moi, le plus grand, le plus beau, le
plus intelligent. Quel affront me faites-vous là !...** *(Il se
calme.)* **Mais je vous pardonne... Pour cette fois ! Qui je suis
n'est pas écrit sur mon visage. Si ça l'était, ça se saurait... Et
vous ne tireriez pas ces tronches là. Vous êtes si pitoyables.
Non mais regardez-vous... Je vous pardonne même d'être
pitoyables... Ecoutez bien ce nom, car il restera gravé dans
les annales de l'histoire du show-biz français. Que dis-je, du
monde ! Je suis Grégoire André Doribon, et mon père est le
gérant de cette salle. Et cette femme,** *(dirigeant son doigt vers
le fond non éclairé de la salle.)* **cette blondasse de Danielle
m'a jeté de sa troupe... Moi, vous vous rendez compte !
Prétextant que mon caractère n'était pas compatible avec**

celui des autres... Ça fait trois semaines qu'ils répètent ici tous les mercredis avec l'électricité de mon père ! La générosité de mon père !... En ma personne elle s'est fait un ennemi. *(Il tourne les talons et disparaît dans la partie non éclairée de la scène, puis il réapparaît.)* **Si Danielle ne change pas d'avis, aucune troupe ne verra le jour sous sa coupe... Foi de méchant homme.**

*Il sort.*

*Les lumières s'éteignent*
.

## SCÈNE DEUX

*Lumière tamisée.*

*Nous sommes dans la salle de répétition. Axel entre sur scène. Franck parle sans qu'on puisse le voir.*

### FRANCK
C'est bon, là ?

### AXEL
Ouais. Eclairage impec.

*Plein feu.*

*L'éclairage se fait plus vif. Axel se cache les yeux, fait mine d'avoir très mal et se jette à terre.*

### FRANCK
*(Accourant.)* **Axel, ça va ?**

### AXEL
*(Entre Julie qui, affolée, se précipite vers lui.)* **Ha, j'ai mal, je vois plus rien !**

### JULIE
*(Axel continuant à gémir, Julie s'affole de plus belle.)* **Appelle le Samu ou les pompiers. Appelle les pompiers !**

**FRANCK**

Ça, tu l'as déjà dit.

**JULIE**

C'est parce qu'ils sont mignons. Autant joindre l'utile à l'agréable.

*Axel avait déposé sa tête sur la poitrine de Julie en cessant de gémir et affiche un sourire de contentement sans que celle-ci ne s'en rende compte.*

**AXEL**

*(Les yeux fermés agrippant plus fermement Julie.)* **Oh, ce que c'est bon !**

**JULIE**

*(Furieuse, elle le repousse.)* **Abruti !**

**AXEL**

*(S'allongeant de tout son long.)* **Tu peux me traiter de tous les noms, ça m'est complètement égal.**

*Julie se relève et lui marche dessus. Puis elle prend son sac, en sort le manuscrit de la pièce et se met à lire un passage.*

**FRANCK**

*(Prenant une bassine d'eau et la posant à côté d'une chaise où Axel est assis.)* **Allez, lève-toi feignasse. On va rôtir cette fille.** *(Désignant Julie.)*

**AXEL**

**Julie, viens là. On répète la scène du meurtre. Allez, viens !** *(Il se dirige vers elle et lui prend la main pour l'entraîner.)* **Je suis donc censé être assis sur cette chaise avec les pieds dans l'eau.** *(Il retire ses chaussures.)* **Et toi sur mes genoux. Quel**

bonheur. *(Il la force à s'asseoir sur ses genoux.)* **Voilà... Franck ? Tu joues le rôle de Madeline ?**

### FRANCK

*(Prenant un air et une voix efféminés.)* **Oh, mais avec joie, mon ami... J'vais brancher le séchoir à une prise**... *(Il regarde autour de lui.)* **Eh, big problème, le fil du séchoir n'est pas assez long pour cela. J'ai pas pensé à la rallonge. Et vous ? J'suis stupide !** *(Il se frappe la tête.)* **Comment faire une scène d'électrocution, sans électricité ?... Et si au lieu de vous faire électrocuter, on vous poignardait ?**

### AXEL

**Nous devons simuler une scène d'électrocution, pas se faire réellement griller.**

### FRANCK

**Eh, le spectateur qui a payé sa place, tu y as pensé ?**

### JULIE

**Franck, je te trouve bizarre.**

### FRANCK

**Moi, oh non !** *(Il hurle.)* **Le spectateur doit en avoir pour son argent. Si c'est une scène d'électrocution qu'il doit voir, autant lui en donner une... Une petite onde de choc, s'il vous plaît ! Un p'tit coup d'électricité, juste pour parfaire ton jeu.**

### JULIE

**On t'a jamais dit que tu étais un -chouilla- dérangé ?**

### FRANCK

*(Il rit.)* **Si ! Mais comme diraient certains, la bave du crapaud n'atteint pas la blanche colombe.**

**DANIELLE**

Bonsoir.

**FRANCK - JULIE - AXEL**

Bonsoir, Danielle !

**DANIELLE**

Qu'est-ce que vous faites ?

**FRANCK**

On répète la scène I.

**DANIELLE**

Génial. Je suis contente de vous voir vous mettre au travail à peine entrés dans cette salle. Ça prouve que vous êtes motivés. *(Danielle met sa main sur son front. Elle semble souffrante.)*

**JULIE**

Ça ne va pas, Danielle ?

**DANIELLE**

J'ai quelques petits vertiges de temps en temps. C'est rien, cela va passer.

*Il attrape la chaise sur laquelle Axel est assis. Celui-ci tombe à terre.*

**FRANCK**

Tiens, Dani. Assieds-toi.

**DANIELLE**

Merci Franck !

## GRÉGOIRE
Salut la compagnie. Ca gaze, gaze, gaze ?

## FRANCK
Et voici le plus grand plouc que l'univers ait engendré.

## GRÉGOIRE
Un jour tu regretteras ces mots, petit têtard répugnant.

## DANIELLE
Franck, ne répond pas s'il te plaît... Grégoire, que fais-tu là?

## GRÉGOIRE
C'est une répétition publique non ?... En fait, je suis plutôt venu négocier mon retour dans cette troupe. Je regrette de vous avoir causé quelques petits problèmes.

## JULIE
Toi, regretter quelque chose ! Tu bluffes. Tu ne regrettes rien.

## GRÉGOIRE
Pourquoi blufferais-je ? *(Il regarde Danielle.)* Je tiens à m'amender. Pourquoi être aussi sceptique? Ta nature ne serait-elle pas de pardonner ?

## DANIELLE
Effectivement, Grégoire. Mais il est difficile d'oublier certaines choses. Il y a 8 mois, quand j'ai décidé de monter cette pièce, nous étions 9. Toi et Malika avez divisé pour mieux régner. Et quand tu as vu que cela ne marcherait pas, tu as tout fait pour que nous perdions la salle... Qu'est-ce que je devrais faire ? Oublier ? Te pardonner ?... La nature humaine est changeante parfois... La clémence ne m'appartient pas. Demande aux autres.

### FRANCK
S'il en tenait qu'à moi ce serait : dégage !

### JULIE
Son père est le gérant de la salle, Franck. Qu'il reste. Mais si tu dévies du droit chemin, je me ferai un plaisir de t'arracher les yeux avec mes dents.

### DANIELLE
Sara donnera son avis quand elle arrivera.

### GRÉGOIRE
Sara ne viendra pas aujourd'hui. Elle a mal à ses jambes. Mais sa voix est pour moi. Et votre petite dernière... Coralie, je crois, me plaît beaucoup. Quant à toi, Axel...

### AXEL
Franck m'a raconté ce qui s'était passé... En général, je ne décide rien sur les propos d'autrui. Je fais mon jugement seul.

### KENZA
Bonjour, les enfants !

### LES COMEDIENS ET DANIELLE
Bonjour !

### KENZA
Je suis venue vous dire que ma sœur est malade.

### GRÉGOIRE
J'viens de leur dire, -morpionne- !

### KENZA

*(Imitant De Niro.)* **C'est à moi qu'tu parles ?** *(Elle le pousse en riant.)*

### AXEL

**Tu es la sœur de Sara ?**

### KENZA

**Ouais !** *(Elle lui sourit.)* **On ne m'avait pas dit qu'il y avait un putain de beau gosse chez les nouveaux.**

### AXEL

**Tu es une sacrée connaisseuse, toi.**

### FRANCK

**Danielle, c'est moi qui ai demandé à Kenza de venir. Tu sais, elle m'a aidée pour la technique la saison dernière. Je crois qu'elle pourrait se débrouiller.**

### DANIELLE

**Kenza est un peu jeune.**

### KENZA

**Faut le dire vite. J'suis très adulte là-dedans. Quand j'avais quatre ans, j'ai mis mes doigts dans une prise électrique et ça m'a rendue meilleure.**

### GRÉGOIRE

**Arrête de raconter des conneries. Tu me fais pitié.**

### KENZA

**Continue comme ça, Grégoire, tu seras le seul qu'on ne verra pas sur scène... Alors, heureux ?** *(Grégoire, furieux s'assoit à l'autre bout de la salle.)* **Bon, bah, les enfants, je me**

casse ! **Salut, beau gosse.** *(Elle le frappe sur les fesses. Les autres rient tandis qu'Axel reste sans voix.)*

*Les lumières s'éteignent.*
*Lumière sur le devant de la scène*

*Grégoire se place sur le devant de la scène. Il regarde le public.*

### GRÉGOIRE

**Je hais cette façon que Franck prend pour me parler. Je déteste Danielle et ses convictions, même si elles sont toutes à mon avantage. Heureusement, ma nature est toute autre... Mon père a refusé de lui retirer la salle, disant qu'il a tout à gagner, et pas grand chose à perdre.** *(Très agressif.)* **Et moi !? Il se moque de me perdre ? Il se moque de mes idées ? Il m'a même proposé une thérapie.** *(Il rit.)* **Moi, chez un psy... C'est eux qui sont anormaux, pas moi.** *(Il s'excite.)* **Je suis parfaitement sain de corps et d'esprit... Parfaitement, parfait... Je suis, je vous l'accorde, quelque peu arriviste. Et si, pour réussir quelque chose, je devais éclater la tête de quelqu'un contre un mur, je le ferais. Mais cela ne fait pas de moi un homme anormal, juste quelqu'un d'ambitieux. Une thérapie ?... Mon ambition est d'écraser tous ceux qui ne marchent pas dans ma voie.**

*Il sort.*

*Les lumières s'éteignent.*

# SCÈNE TROIS

*Plein feu.*

*Danielle est assise à une table. Julie est en train de répéter une scène. Danielle lui donne la réplique.*

### JULIE

*(Jouant un personnage, le texte à la main.)* **Je suis heureuse de t'accueillir ici. Mais comme tu le sais, tu ne peux garder ton nom. Maddy serait plus approprié à ton nouveau job... Tu étais femme de ménage, tu deviens tueuse professionnelle. Tu veux tuer la famille Dumasse, je t'en donne les moyens et les armes.** *(Elle lui tend un flingue.)* **Ne crains rien, utilise cela comme tu utiliserais un balai... Avec professionnalisme.**

### DANIELLE

*(Elle se lève.)* **Je sais. Je ne crains rien. Et je sais qu'après avoir tué la mère Dumasse, il est de mon devoir de supprimer sa descendance. Je peux tuer Dorian, Julian, Florian, Eliane, Morgan et Liliane, mais je ne peux tuer mon propre enfant.** *(Elle pose sa main sur son ventre.)* **J'attends un enfant de Dorian.**

### JULIE

**Tu ne peux donner d'avenir à cet enfant. Débarrasse-t-en.** *(Danielle s'assoit.)* **Qu'est-ce qui se passe, Danielle ? Ça ne va pas ? Tu es pâle ? Cela fait deux semaines que tu n'as pas bonne mine.**

### DANIELLE

J'attends un enfant, tout comme Maddy. D'un homme qui ne veut plus de moi, tout comme Maddy. Parfois, on invente des choses, des personnages sans savoir qu'ils peuvent devenir vous.

### JULIE

Tu n'es pas Maddy. Il y a longtemps que tu n'es plus avec ton petit ami ?

### DANIELLE

Presque un mois... Il ne voulait pas d'enfant. J'ai toujours souhaité avoir un enfant. J'ai rencontré Georges. Ce fut quatre années merveilleuses jusqu'au jour où je lui ai annoncé qu'un miracle était arrivé. Cet enfant, c'est un don de Dieu pour moi. Il était hors de question que j'avorte. Mon choix a été vite fait.

### JULIE

Tu as raison. S'il t'aimait, il aurait compris.

### DANIELLE

*(Elle réfléchit un instant.)* Je crois qu'il va falloir que je l'annonce à tout le monde.

### JULIE

Je crois aussi. *(Julie la sert dans ses bras.)* Tu es enceinte de combien de mois ?

### DANIELLE

Quatre mois, une semaine et quatre jours. Il sera du mois d'avril.

**JULIE**

Le spectacle est prévu pour mai. Crois-tu que tu pourras assumer ? Tu seras fatiguée !

**DANIELLE**

Oui, certainement. T'inquiète pas, le spectacle se fera... Tiens, les autres arrivent. Je crois qu'ils vont être surpris.

**SARA**

Bonsoir, comment allez-vous ?

**AXEL**

*(Chantant joyeusement.)* Eh, c'est moi *pa, pa, pa, pa, pa.* Le plus beau *pa, pa, pa, pa, pa.* De toutes les stars *pa, pa, pa, pa, pa. (Franck entre)* Qui honore *pa, pa, pa, pa, pa,* cette assemblée de mon illustre présence !

*Franck, Danielle et Julie se mettent à rire tandis qu'Axel gesticule dans tous les sens et hurle en se jetant à terre. Kenza entre.*

**JULIE**

Mon pauvre vieux. Ce n'est pas de prendre un jour tous les jours qui t'arrange.

**AXEL**

Eh bien, je t'informe que ton petit jeu de mots ne fait rire personne.

**JULIE**

Que tu crois.

**KENZA**

Salut, beau gosse ! *(Elle le frappe sur les fesses.)* On se retrouve dans la remise après ? *(Axel reste bouche bée.)*

103

**SARA**

Kenza !? Comment oses-tu ?


**KENZA**

Oh non ! Arrête de jouer la sainte nitouche ! Ca m'fait gerber. J'vais là-haut. *(En voyant Coralie elle fait le signe de croix avec ses doigts.)* Ça va **Cruella** ? *(Coralie devient toute rouge tandis que les autres rient.)*


**CORALIE**

Bonsoir, bonsoir ! Excusez ma personne de son retard, mais j'ai dû passer au grand magasin prendre des gobelets et une boisson, non alcoolisée ça va de soi. Ce sera beaucoup plus convivial.


**JULIE**

Nous allons en profiter pour fêter l'arrivée d'une nouvelle personne dans la troupe.


**FRANCK**

Nouvelle personne ? Qui a dit nouvelle personne ?


**AXEL**

Je croyais que l'on était déjà au complet.


**DANIELLE**

Ne t'inquiète pas. Il n'y a rien qui bousculera notre programme. Enfin, pas pour le moment.


**AXEL**

Eh bien, si nouveau il doit y avoir... *(Il s'agenouille.)* Mes amis, prions ensemble pour que sa beauté n'égale en rien la mienne. *(Julie le frappe sur la tête. Axel lui rend le coup au niveau du mollet. Julie tombe à genoux.).* Bien, c'est bien mieux comme cela, -ma choute-. (*Julie se relève rageusement, et s'en va au fond de la salle.*)


### FRANCK

Danielle ? J'aimerais avoir une petite explication. Tous les rôles sont pris depuis que tu m'as demandé de prendre le dernier rôle laissé vacant. (*Danielle murmure quelque chose dans l'oreille de Franck qui affiche dans un premier temps un air surpris pour finalement sourire.*) Dani tu... (*Danielle met sa main sur la bouche de Franck.*) Ok ! On attend que tout le monde soit là pour présenter notre petit nouveau.


### GRÉGOIRE

Bonsoir la compagnie !


### FRANCK

Bonsoir, du gland. (*Franck et Grégoire se jettent un regard antipathique.*)


*Kenza s'amuse avec les éclairages.*


### AXEL

Bon, alors, on peut connaître l'identité du nouveau ou... (*Sourire.*) de la nouvelle ?


### JULIE

A mon avis, tu vas être drôlement déçu.


### DANIELLE

Voilà. Je vais être maman !


### AXEL

Oh... T'as raison, Julie... J'suis déçu.

### DANIELLE
Kenza, arrêtes avec les lumières !

### KENZA
*(D'en haut.)* Oui, môman !

### CORALIE
Tu vas avoir un bébé ? Oh, moi j'adore les bébés, avec des grands yeux bleus et de bonnes joues bien roses.

### FRANCK
Le contraire s'rait étonnant.

### GRÉGOIRE
Moi, je hais les bébés et encore plus les enfants. Ça ne sert à rien. A part brailler et poser des questions complètement idiotes. Ils ne savent rien faire d'autre.

*Kenza revient et s'assoit à la table de Danielle.*

### JULIE
Wech, Grég ! Fils unique, vu ton comportement asocial. *(Sara bouscule Julie pour interrompre la conversation, tandis que Grégoire jette un regard haineux à Julie.)*

### SARA
Je suis heureuse pour toi. Félicitations. *(Elle se blottit dans les bras de Danielle.)*

### AXEL
Moi aussi je suis content pour toi. C'est pour quand ?

### DANIELLE
Avril. Mais, ne vous inquiétez pas pour le spectacle, tout ira bien. Bon, allez ! Nous reprenons la répétition.

## FRANCK
Tiens, assieds-toi là, Dani. Il faut te ménager.

## DANIELLE
Merci Franck. Julie et Sara, scène III.

## SARA
Je n'ai pas eu le temps d'apprendre... Enfin... Je n'ai pas eu le temps... Je... Je ne connais pas mes dialogues.

## KENZA
Tu t'enlises, Sara !

## DANIELLE
Je pensais que tu avais eu le temps de mémoriser tes répliques étant donné ton absence de la semaine dernière. Bon, je ne vais pas t'en tenir rigueur vu que tu n'es pas la seule à ne pas connaître tes dialogues... Bon, lecture ! *(Danielle fouille dans ses papiers. Les autres semblent tous un peu confus de ne pas avoir appris la scène.)* La semaine prochaine, vous avez intérêt à connaître les scènes III, IV & V. Ça fait deux mois que l'on répète maintenant. On n'a plus de temps à perdre.

*Danielle rejoint Julie et Sara qui sont allées se positionner au fond de la salle.*

## GRÉGOIRE
*(Parlant à Coralie.)* J'aime pas le personnage que Danielle m'a donné.

*Franck et Axel se rapprochent d'eux.*

## CORALIE
Florian est très bien comme personnage.

**FRANCK**

Ouais ! C'est un jeune arriviste comme toi.

*Grégoire, en rage, file sur le devant côté jardin de la scène.*

**AXEL**

Eh ! Franky ! *(Axel lui parle tout en regardant Grégoire occupé à apprendre son dialogue.)* J'ai envie de lui faire un sale coup... Ça te dit ? *(Ils sourient.)*

**FRANCK**

Tout sale coup en son honneur est tout en ma faveur.

**AXEL**

Voilà. *(Il chuchote à l'oreille de Franck, celui-ci prend un air ravi. Puis, en s'avançant vers Grégoire, ils prennent un aspect physique très efféminé. A quelques mètres de Grégoire, ils s'enlacent.)* Salut, Greg. *(Grégoire se retourne. Il marque un temps de surprise, puis finit par pouffer de rire.)*

**GRÉGOIRE**

Qu'est-ce que vous foutez ? Vous êtes dingues !

**AXEL**

Greg, tu sais… *(Il dépose sa main sur la poitrine de Grégoire, qui ne rit plus.)* Quand j'ai pris ta défense la semaine dernière, c'était parce que, vois-tu, je t'aime beaucoup.

**FRANCK**

Excuse-moi, Grégoire, pour toutes ces vilaines paroles, *(Il se positionne derrière Grégoire et se colle à lui. Kenza les observe de loin, le sourire aux lèvres.)* J'étais égaré. Axel et moi sommes ensemble depuis un moment, *(il le caresse au cou tout en descendant le long de son dos.)* j'étais jaloux de l'intérêt qu'il te porte.

## GRÉGOIRE

*(Paniquant)* **C'est une plaisanterie ? Vous me faites marcher?**

## AXEL

**Tu crois ?** *(Il descend sa main sur son ventre.).* **J'ai envie de toi, Greg. Ça fait une semaine que je rêve de toi. Titine se redresse à chaque fois que je pense à toi. Grégoire, j'ai envie…** *(Il fait glisser sa main sur le sexe de Grégoire.)* **que tu me prennes maintenant !**

## GRÉGOIRE

*(Il recule, se dégageant de l'étreinte d'Axel. Franck est toujours collé à son dos.)* **Lâche-moi, Franck.**

## FRANCK

*(Tout en déboutonnant les boutons de son pantalon à la manière des strip-teaseurs.)* **Pas avant que mon engin ait goûté tes belles petites fesses bien rondes.**

## GRÉGOIRE

**Lâche-moi, connard.**

*(Franck, dos au public, fait tomber Grégoire tout en faisant descendre sensuellement son pantalon. Dans le fond de la salle, Julie, Coralie, Sara et Danielle, en entendant les cris de Grégoire, cessent de répéter.)*

## FRANCK

**Pas question. Il y a bien trop longtemps que je reluque tes petites fesses bien dodues.**

## AXEL

**Eh, Franck, tu m'en laisses un peu ?** *(Tout en défaisant sa ceinture.)*

## GRÉGOIRE

*(Se relevant.)* **Ah ! Vous n'êtes que des tantouses. Vous me répugnez.** *(Il sort.)*

## AXEL

*(Ils rient.)* **T'as trop bien joué. T'es un excellent comédien.** *(Les autres s'approchent.)*

## KENZA

**Trop classe le jeu ! J'avais pas vu ça dans le texte.**

## DANIELLE

**Je peux savoir ce qui se passe ? Qu'est-ce que tu fais le froc baissé ?**

## FRANCK

**On faisait une improvisation.** *(Axel et lui rigolent de plus belle.)* **Sara, tu peux regarder, j'vais pas te manger.** *(Il remet son pantalon tandis que Sara, gênée, se retire de l'autre côté de la salle. Danielle, Julie et Coralie le regardent sévèrement.)* **Quoi ? Mais arrêtez de me regarder comme ça. J'vous dis que c'était une impro. C'est pas de ma faute si le jeu d'Axel et moi était trop bon.**

## JULIE

**Et tu t'en amuses ?**

## FRANCK

**T'as vu sa gueule ?... Bien sûr que ça m'a amusé. J'ai failli pisser dans mon -slibar-.** *(Lui et Axel rient ; voyant que Danielle les regarde en colère, ils cessent. Julie affiche un sourire narquois.)*

## KENZA

Vous devriez inclure ça dans la pièce, ça marcherait d'enfer. *(Danielle la regarde de travers.)* Okay, je retourne à la régie vu qu'ici l'humour est absent.

## DANIELLE

Grégoire a eu réellement peur.

## AXEL

On est trop bons comédiens.

## DANIELLE

Faire ça pour s'amuser est une chose, faire cela devant un public en est une autre. Vous vous excuserez auprès de lui. Franck ? A Sara aussi, tu dois des excuses.

## FRANCK

Ouais chef ! *(Il lui fait un salut militaire, puis se dirige vers Sara.)* Pardon Sara. J'aurais pas dû te parler comme ça. *(Elle n'ose pas le regarder.)* Je t'ai vraiment choqué ?... Tu sais, dis-toi que tu viens de voir ton petit ami. C'est pas extraordinaire.

## SARA

*(Timidement.)* Je n'ai pas de petit ami.

## FRANCK

*(Il marque un temps, avant de jeter un œil derrière lui. Voyant les autres occupés à répéter, il reprend.)* Tu as déjà vu un garçon en slip, quand même ?

## SARA

*(Elle regarde autour d'elle avant de répondre.)* Je sais pas.

**FRANCK**

Comment ça -je sais pas- ! C'est oui ou c'est non. Pas -je sais pas- !

**SARA**

*(Confuse.)* **A la télé.**

**FRANCK**

*(Etonné.)* **A la télé ?**

**SARA**

**Au cinéma.**

**FRANCK**

*(Encore plus étonné, il marque un temps.)* **J'arrive pas à y croire. Tu n'as jamais vu un type tout nu ?**

**SARA**

**Et alors ?**

**FRANCK**

**Tu as quel âge, Sara ?**

**SARA**

**Je vais...** *(Elle baisse la tête.)* **J'ai vingt-quatre ans.**

**FRANCK**

**Tu es... Vierge !?**

**SARA**
*(En chœur avec Franck.)*
**Chut ! Parle moins fort. J't'en prie !** *(Regardant les autres au fond de la salle)*
**Tais-toi, non d'une pipe !**

## FRANCK
*(En chœur avec Sara.)*

**Une pucelle de vingt-quatre ans! J'arrive pas à y croire. A notre époque ?**
**Ça, t'en aurais bien besoin.**

*Elle baisse la tête, désappointée.*

## FRANCK
**Bon, ça va ! J'ai rien dit. T'inquiète pas, le secret est bien gardé.** *(Il prend son visage dans ses mains, la forçant ainsi à le regarder.)* **Croix de bois, croix de fer, si je mens, je vais en enfer.** *(Ils se sourient.)*

*Les lumières s'éteignent.*

# SCÈNE QUATRE

*Lumière tamisé sur Greg.*

*Grégoire est assis sur un socle. Il regarde le public d'un air hautain.*

## GRÉGOIRE

Franck m'a appelé pour me présenter ses excuses... Je les ai refusées. J'ai prétexté que je voulais des excuses publiques... Il m'a répondu -va au diable-, j'ai répliqué -toi d'abord- et je lui ai raccroché au nez... J'avoue que j'y ai cru. J'ai cru sincèrement qu'ils voulaient me... violer. Ah, quelle horreur. Je croyais qu'ils étaient nuls en comédie... Mais peut-être qu'ils ont montré leur vraie nature... C'est un facteur non négligeable, vous ne croyez pas ?... Ce qui est plus dingue dans cette histoire, c'est que ma haine est toute entière à Franck. Je ne ressens rien pour Axel. Il est parfois surprenant de se rendre compte qu'il est des gens à qui vous vouez, à la première seconde de votre rencontre, une haine tellement grande que cela finit par vous surprendre. Elle se nourrit du temps qui passe et qui ne vous procure aucune consolation... Quand je disais détester Danielle, c'était sans comprendre toutes les nuances que ce mot contenait. *(Il marque un temps. Son visage est face au public, mais ses yeux regardent sur le côté.)*

*Plein feu*

Est-ce des pas ? Hum... Des pas que je connais bien. Comme le dit si bien Danielle, il faut diviser pour mieux régner.

*Sara entre*

### SARA

**Salut Greg.** *(Elle jette un regard dans la salle.)* **Tu parles tout seul ?**

### GRÉGOIRE

*(S'approchant de Sara.)* **Non, je parle à notre créateur. Cela ne t'arrive jamais ?**

### SARA

**De parler à Dieu ?... Oui, bien sûr.**

### GRÉGOIRE

**Et Dieu... te dicte-t-il ta conduite ?**

### SARA

**Tu le sais très bien. On se connaît depuis si longtemps.**

### GRÉGOIRE

**C'est vrai... Douze ans, je crois.**

*Il se détourne d'elle et retourne sur le devant de la scène. Sara se rapproche de lui, inquiète.*

### SARA

**Il fût un temps où rien n'était inavoué entre nous... Tu as changé, Greg. Je ne te reconnais plus... Ton père…**

### GRÉGOIRE

*(Il se précipite sur elle avec des paroles gagnant en intensité à chaque syllabe.)* **Ne parle pas de mon père ! Je ne veux rien entendre à sujet.** *(Sara le regarde inquiète et triste.)* **Je ne suis pas ce que l'on voudrait que je sois.** *(Il se calme.)* **Oui,**

Sara, j'ai changé. Tout le monde change. Tu crois pouvoir contrôler le changement ?

### SARA

Je ne comprends pas.

### GRÉGOIRE

Pourquoi crois-tu que tu es ici, aujourd'hui ?

### SARA

Parce que je fais partie de la troupe... Parce que j'ai décidé d'en faire partie.

### GRÉGOIRE

Parce que tu as décidé d'en faire partie ? *(il rit.)* Tu te trompes. Tu es là et je suis là parce que Danielle n'a pas trouvé d'autres personnes. Danielle te trouve trop timide et trop gauche pour être comédienne, et moi trop arrogant et anticonformiste.

### SARA

Tu mens ! Danielle est gentille. Elle ne pense pas comme ça. Elle essaie toujours de trouver ce qu'il y a de mieux pour nous. Son cœur est aimant et vertueux. Et tu ne l'acceptes pas pour ça. Si tu pouvais ressentir une seule parcelle de cet amour qui l'anime, tu te maudirais d'avoir proféré de telles paroles.

### GRÉGOIRE

*Laura Ingalls* n'aurait pas mieux parlé... *(Il pose ses mains sur ses épaules, affectueusement, en lui adressant un sourire courtois.)* Tu décris un ange, Sara, et non une femme. Si tu ne me crois pas, demande-lui... La vérité ne peut sortir que de sa bouche, et non de la mienne. Elle arrive, je crois. Je te laisse. *(Il se lève et se dirige vers la porte.)* Tu as encore vingt minutes avant que les autres arrivent... Vingt minutes pour éclairer ta lanterne. *(Passant devant Danielle.)* **Bonsoir.**

### DANIELLE
Bonsoir, Grégoire... Où va-t-il ? *(Etonnée, elle s'approche de Sara.)* Que se passe-t-il ? Sara, qu'est-ce qui se passe ?... Regarde-moi. Grégoire t'a encore dit des méchancetés ?

### SARA
Peut-être pas si méchantes que ça. *(Elle se jette dans ses bras.).* Il a dit que tu me gardes juste parce que tu n'as personne d'autre. Que je suis trop maladroite pour être comédienne.

### DANIELLE
Grégoire a encore fait des siennes. Si réellement je comprenais le motif qui le pousse à agir ainsi, je pourrais peut-être l'aider... *(Elle prend le visage de Sara dans ses mains.)* Crois-tu réellement ce qu'il vient de dire ?

### SARA
J'ai honte de te dire que oui.

### DANIELLE
Sara, tu dois apprendre à avoir confiance en toi, en ce que tu ressens et ne plus fonder tes avis sur ce que pense une autre personne. Tu dois apprendre à écouter et discerner le vrai du faux. Laisse ton cœur te dicter ta conduite.

### SARA
Pardon, Dani. Pardon.

## DANIELLE

Pourquoi pardon ? Tu n'as rien fait. Tu es peu sûre de toi, et je le comprends. Mais il faut que tu apprennes à être forte et à t'affirmer, car je ne serais pas toujours là.

## SARA

Et pour Grégoire ? Qu'est-ce que tu as décidé ?

## DANIELLE

Qu'est-ce que, toi, tu as décidé ?

## SARA

Greg est mon ami.

## DANIELLE

Ton ami !? *(Prenant la main de Sara.)* Un ami saurait t'écouter. Lui, il ne t'écoute pas. Il décide, même si cela doit te peiner. Un ami partage. Il ne prend pas ce qui se construit. Il ne détruit pas ce qui existe pour satisfaire sa propre personne... Il veut diriger les choses, et moi je ne suis rien à ses yeux... Disons qu'il a élu domicile sur un piédestal. Et celui qui pense n'a pas sa place à ses côtés. Tu comprends Sara ? Regarde-moi dans les yeux... Est-ce que tu veux faire du théâtre pour t'épanouir, ou est-ce que tu veux en faire pour suivre une certaine personne ?... Où s'arrête l'amitié, Sara ?

## SARA

... Où le respect s'arrête... *(Elle lève les yeux vers Danielle, tristement.)* Il souffre, tu sais.

## DANIELLE

Est-ce une raison pour faire souffrir les autres ? Est-ce une raison pour te faire souffrir?

119

## SARA

Non... J'ai peur, Dani.

## DANIELLE

Peur de quoi ?

*Entrent Axel, Julie et Franck.*

## AXEL

Non, c'est moi !

## FRANCK

Tais-toi, c'est moi qui décide. Et puis il fait trop froid. Oh, salut les filles.

## JULIE

Bonsoir Danielle, j'ai appris tous mes dialogues par cœur !

## AXEL

Fayotte !

## JULIE

Et Axel a, comme -d'hab-, rien appris.

## AXEL

*(D'une voix solennelle.)* Dieu t'enverra en enfer d'avoir médit de ton prochain. Je connais mes dialogues par cœur. Moi aussi. Bien qu'ils soient plus nombreux que les tiens. C'est bien d'être une célébrité. A peine entré, on vous attribue les plus grands rôles et cela attise les jalousies.

*La lumière s'éteint brusquement.*

## LES COMEDIENS EN CHŒUR

Kenza !

*La lumière se rallume.*

### KENZA
J'rigole, les potes !

### FRANCK
*(Voyant Sara le dos tourné.)* **Ça ne va pas Sara ?**

### SARA
**Si, Franck. Ça va.** *(Elle lui sourit.)* **Et toi ?**

### FRANCK
**Ouais ! Sauf que mon patron m'a traité de... -bizarre- !** (*Il grimace et dit d'une voix solennelle.*) **J'suis anormal pour la plupart des gens. Mais sur quoi se basent-ils ? Telle est la question !**

### SARA
*(Elle rit. Axel s'approche d'eux à leur insu pour écouter la conversation.)* **Tu me fais rire. Je te trouve si drôle.**

### FRANCK
**Si j'te fais rire, j'suis content. Je n'aime pas te voir triste. J'peux jouer l'anormal toute la soirée si tu veux.**

### AXEL
*(Il se met entre eux en les agrippant par le cou en chantant.)* **Oh, les amoureux !**

*Sara rougit. Entrent Grégoire et Kenza. Cette dernière passe à côté de lui en le toisant d'un regard furtif.*

### FRANCK
Vas-y ! Tais-toi !

**KENZA**

*(Elle lui tend un trousseau de clés.)* **Tiens, Danielle.**

**DANIELLE**

Merci !

**KENZA**

Il faudrait qu'on discute des noirs sur scène. Il ne faudrait pas en faire trop. Juste le faire aux passages les plus forts de *Peur ancestrale*, pour bien souligner l'atmosphère glauque qui règne dans cette pièce. Y'a du boulot au niveau éclairage.

**DANIELLE**

Je sais. Je suis heureuse que tu sois aussi passionnée par le métier d'éclairagiste. On organise une séance toutes les deux la semaine prochaine ?

**KENZA**

-No problem-.

**DANIELLE**

On va commencer à travailler. *(Elle voit Grégoire.)* **Tiens ! Je crois que l'on aura à discuter après le cours.**

**GRÉGOIRE**

Parle aux murs. J'ai pas qu'ça à foutre.

**DANIELLE**

Nous verrons ça après… Les filles, est-ce que vous pourrez venir ici samedi matin à dix heures, pour les essayages des costumes ?

## KENZA

Oh, mince ! J'suis à l'école le samedi matin. J'vais rater la séance hot ! *(Elle fait un clin d'œil à Axel.)* J'ai jamais de pot.

## AXEL

On peut pas gagner à tous les coups, microbe !

## JULIE

Pas de problème pour moi. J'suis libre.

## AXEL

*(Très macho.)* Ah ouais ? Je peux venir aux essayages ? Je me ferai tout p'tit.

## DANIELLE

J'ai les habits pour les filles, uniquement. Mais tu peux venir si tu veux. Franck aussi.

## FRANCK

*(Moqueur.)* Ecoute, ma p'tite dame. Quand vous vous pointerez ici, vous penserez à moi, hibernant dans ma chambre. *(Parlant avec plus d'intensité.)* Dans onze jours, c'est l'hiver. *(Hurlant.)* Mais on nage en plein dedans, maintenant ! Alors, moi et mes organes, il est hors de question de venir ici un samedi matin. J'suis pas un ours polaire et encore moins un esquimau ! *(D'une voix solennelle.)* Ainsi Franck a parlé.

*La lumière s'éteint.*

# SCÈNE CINQ

*Plein feu.*

*Julie met une robe. Coralie entre. Elle s'approche d'une chaise. Délicatement, elle passe son doigt dessus.*

### CORALIE
C'est plein de poussières... Quelle horreur... Une salle beaucoup plus propre aurait pu nous être attribuée... *(Elle essuie la chaise avec un mouchoir, puis dépose ses affaires dessus.)* Le garage de mon mari est mieux entretenu que cette... chose qui nous sert de lieu de répétition.

### JULIE
T'as fini de te plaindre, Coralie ?... Mince, j'arrive pas à la mettre.

### CORALIE
Je vais t'aider, attends. *(Julie se détourne d'elle pour que celle-ci puisse remonter la fermeture située le long de son dos.)* Ne tiens pas ta robe aussi fort. Je ne vais pas y arriver ! *(Elle remonte la fermeture-éclair, quand, au milieu de la robe, elle s'arrête. Elle affiche une mine grave. Julie, désappointée, se tourne vers elle.)* Ton dos est couvert d'hématomes, Julie.

### JULIE

*(Enervée.)* **Ça y est, t'es contente ? Maintenant tu peux remonter cette fermeture ?** *(Coralie reste interloquée, tandis que Julie se contorsionne pour remonter sa fermeture-éclair.)*

### CORALIE

*(Gênée.)* **Excuse-moi. Je vais t'aider.**

### JULIE

**Pas la peine, ça y est !**

*Julie se détourne d'elle et va s'asseoir sur une chaise pour mettre ses chaussures.*

### CORALIE

*(Après un instant.)* **Tu veux en parler ?**

### JULIE

**Pour quoi faire ? Tu n'es qu'une bourge, trop gâtée pour comprendre les autres.**

### CORALIE

*(Elle semble vouloir pleurer.)* **C'est vrai. Pour quelqu'un qui attache beaucoup d'intérêt au confort matériel, je n'ai jamais manqué de rien... Mon mari est psychologue. Il est bon, tu sais ! Très bon... Il a beaucoup de clients. Il gagne beaucoup d'argent... Comprendre ses clients est une chose. Comprendre sa femme en est une autre.** *(Julie semble honteuse.)* **Mon mari est cloué à son fauteuil de psy. J'ai toujours voulu qu'il s'occupe un peu plus de moi... Je faisais tout ce qu'il voulait. Jusqu'à embrasser ses convictions.**

### JULIE

**Le racisme ?**

126

**CORALIE**

Entre autres... *(Elle s'approche de Julie.)* Ne me dis pas que je ne peux pas comprendre. Car c'est la seule chose que je puisse faire. Comprendre et accepter les choses telles qu'elles sont.

**JULIE**

Excuse-moi, Coralie. Je crois que... *(Elle baisse la tête.)* Je crois que je n'ai jamais essayé de comprendre pourquoi tu agissais ainsi... Je crois que l'on en est tous là, à juger sans comprendre ce qui nous paraît évident... Tu n'es pas née raciste ; tout comme je ne suis pas née couverte de bleus... J'ai fait de grosses erreurs dans ma vie. Et j'aimerais pouvoir... *(L'émotion la force à s'interrompre. Coralie la prend dans ses bras.)*

**CORALIE**

Pleure autant que tu voudras. Il n'y a personne ici pour en témoigner.

*Un petit moment se passe avant que Julie ne relève la tête. Coralie prend une chaise et la dépose à côté de Julie et s'y assoit.*

**JULIE**

Tu sais, Julie n'est pas mon vrai prénom... C'est Rachida.

**CORALIE**

Pourquoi as-tu changé de prénom ? Pour échapper à tes origines ?

**JULIE**

Oui, entre autres... *(Elle prend son inspiration.)* Mes parents m'interdisaient à peu près tout. A vingt ans je devais rentrer juste après le boulot. Je venais juste de quitter l'école.

J'étais en intérim... Et je l'ai rencontré. *(Son visage s'illumine.)* **Il était très élégant**. *(Sourire.)* **Le beau Jérôme…**

## CORALIE

**Il t'a courtisée ?**

## JULIE

**Appelons ça comme ça. C'était romantique.** *(Encore plus souriante.)*

## CORALIE

**Un vrai conte de fée ?**

## JULIE

**Encore bien mieux...** *(Elles rient.)* **Il a été très patient avec moi...** *(Air grave.)* **Mon père m'a frappée et enfermée dans ma chambre quand je lui ai annoncé que Jérôme et moi voulions nous marier. On s'est enfuis... C'était un garçon très bien.** *(Elle sourit.)* **J'étais vierge au mariage.** *(Son sourire devient terne.)* **C'était super au début. Le bonheur passe si vite. Tu ne peux pas t'imaginer comme le bonheur des premiers mois me paraît si petit à côté de toutes ces longues années d'enfer.**

## CORALIE

**C'est lui qui te maltraite ?** *(Julie hoche la tête.)* **Pourquoi tu restes avec lui ?**

## JULIE

**Parce que j'ai peur...** *(En pleurant.)* **et je l'aime, oh Dieu, que je l'aime.** *(Elle pleure un moment dans les bras de Coralie, puis elle se calme.)* **Tu dois me trouver stupide de rester avec un type comme lui ?**

## CORALIE

Je ne suis pas toi. Et je ne sais pas moi-même ce que je ferais dans une telle situation. Alors te juger serait déplacé, tu ne crois pas ? *(Julie hoche de nouveau la tête.)* Au mois d'octobre, quand on a fait les présentations le jour où Axel est arrivé, tu as dit que tu étais célibataire. Pourquoi?

## JULIE

Je préfère que les gens ne le sachent pas. Je retire même l'alliance quand je sors de chez moi. Si Jérôme savait ça, il me tuerait.

## CORALIE

Il faut que tu trouves une solution. Tu ne peux vivre indéfiniment ainsi. Personne ne peut rien faire pour toi, à part t'écouter et te comprendre.

## JULIE

Cora, tu sais, j'ai l'impression qu'Allah me punit de m'être enfuie de chez moi. J'ai renié ma famille et le nom de Dieu... Je suis partie sans me retourner. J'ai laissé ma mère. *(Elle se remet à pleurer.)* Oh maman, pardonne-moi... Je m'aperçois aujourd'hui qu'elle avait raison.

## CORALIE

Raison !? Ta famille ne voulait pas de Jérôme, uniquement parce qu'il est français. Ça s'appelle de la discrimination raciale. Cela est mal. Maintenant, ton choix n'a pas été judicieux ou plutôt, il t'a masqué sa vraie nature. Tout cela est très aléatoire. Ne vois donc là aucune punition divine, mais une malchance certaine... Nul être en ce monde ne mérite de vivre ce que tu vis. *(Elles se sourient et se tiennent la main.)* Tu vois, Julie, je n'aurais jamais cru parler ainsi un jour. Si mon mari m'entendait ! *(Elles rient.)*

## JULIE
Est-ce que tu crois que ça va aller pour toi ?

## CORALIE
On ne change pas comme ça... Mais il y a une chose dont je suis sûre ; je t'aime beaucoup.

## JULIE
Moi aussi Cora.

*Elles s'enlacent.*

*Les lumières s'éteignent.*

# SCÈNE SIX

*Plein feu.*

*Grégoire et Danielle entrent dans la salle. Il semble désappointé. Elle semble en colère. Grégoire s'assoit violemment sur une chaise. Kenza parle depuis la régie.*

### KENZA

**La lumière est bonne, Dani ?**

### DANIELLE

**Oui, Kenza !** *(Elle regarde un instant Grégoire qui s'est, entre-temps, assis sur une chaise.).* **Tu ne bouges pas de là. Je reviens, j'appelle ton père.**

### GRÉGOIRE

*(Sans la regarder.)* **Si tu fais ça, j'me suicide.**

### DANIELLE

**Excellente idée !** *(Elle soupire. Sa colère s'estompe. Elle revient vers lui.)* **Tu devrais laisser de côté toutes ces idées noires.**

### GRÉGOIRE

**Pourquoi ?**

### DANIELLE

**Ça fait deux ans, maintenant.**

**GRÉGOIRE**

C'est aujourd'hui, pour moi !


**DANIELLE**

Tu devrais aller voir un psy, ça t'aiderait peut-être à oublier.


**GRÉGOIRE**

Je n'veux pas oublier, et j'ai déjà vu un psy.


**DANIELLE**

Tu crois vraiment que vivre seul résoudra ton problème ? C'est pour cela que tu as pris un appartement ?


**GRÉGOIRE**

Non ! Je suis trop âgé pour vivre chez papa-maman, je crois. Tu m'lâches ?


**DANIELLE**

Je connais un bon psy. Elle pourrait faire des miracles.


**GRÉGOIRE**

*(Ses yeux s'humidifient.)* Est-ce qu'elle me la ramènera ?


**DANIELLE**

Je n'ai rien dit de tel.


**GRÉGOIRE**

C'est le seul miracle dont j'ai besoin.


*Franck entre, mais reste adossé à l'entrée, respectant ainsi leur intimité.*

## DANIELLE

Tu devrais arrêter de pleurer sur ton sort. Tes parents n'ont pas besoin de ça. Tu te complais dans ton malheur. Je doute que ta sœur serait heureuse de te voir ainsi.

## GRÉGOIRE

Arrête ta psychologie à deux francs cinquante.

## FRANCK

Si je puis me permettre, c'est trente-huit cents maintenant !

*Greg le regarde, haineux.*

## DANIELLE

Franck ! C'est une expression

## FRANCK

C'était juste pour détendre l'atmosphère.

## DANIELLE

*(Elle soupire fortement.)* Ce n'est pas moi qui me suis retrouvée au commissariat de police pour avoir volé dans une grande surface... Greg, tu m'as appelée parce que tu n'as plus d'amis. Plus personne. Ne t'enferme pas, tu es bien trop jeune... Je ne dirai rien à tes parents. Mais si tu recommences à voler et à frapper un type de la sécurité, je ne répondrai pas présente... C'est tes parents que j'épargne aujourd'hui, Greg. Pense à la souffrance que tu leur infliges. *(Elle se dirige vers la sortie.)*

## FRANCK

Qu'est-ce qu'il y a ?

## DANIELLE

Rien, Franck. Je vais m'aérer.

*Elle sort. Franck reste un instant pensif. Il s'avance vers Grégoire, toujours face au public faisant comme si il n'avait pas perçu la présence de Franck. Axel entre.*

## AXEL
Franck ! *(Il l'enlace.)* **J'ai trouvé un boulot !**

## FRANCK
**J'suis content pour toi !**

## GRÉGOIRE
*(Il les regarde dégoûté, soliloquant.)* **Bande de pédales.**

## AXEL
**Tu te rends compte ?**

## FRANCK
**Ça va être dur.**

*Ils s'enlacent de nouveau tout en riant en chœur. Ils se regardent un instant plein de joie, puis Franck semble gêné. Il se défait de son étreinte et sort de la salle. Axel reste étonné. Julie entre.*

## JULIE
**Salut !**

*Axel l'embrasse sur la joue. Julie sort son manuscrit, et tout en jetant son manteau sur une chaise, récite son texte. Kenza entre.*

## KENZA
**Eh ! Jolly Jumper ! Articule quand tu pètes.**

## JULIE
**Ta gueule !**

## KENZA

-Nall dine oumouk !-

## JULIE

-Balafamouk !-

## KENZA

*(En faisant un signe vulgaire.)* **Bâtarde !**

## JULIE

**Bâtarde toi-même !**

*Elles rient en cœur.*

## GRÉGOIRE

**Vive la banlieue.**

*Les lumières s'éteignent*

# SCÈNE SEPT

*Plein feu.*

*Axel est debout au milieu de la scène. Il récite un passage de la pièce. Kenza est accoudée au bureau un calepin à la main. Sara est assise sur une chaise sur le côté cour. Danielle est assise, dos au public, faisant face à Axel et Sara.*

### AXEL
Sortez de l'ombre, je ne vous vois pas !... *(Axel relève la tête, surpris de ne pas entendre Sara répliquer.)* Sara, c'est à toi !...

### SARA
Dani... Je la fais comment ? Plus dur ?

### KENZA
On est vraiment mal barré !

### DANIELLE
Pas de commentaire, Kenza... On en a déjà discuté. Madeline a été longtemps traitée comme une moins que rien. Elle a subi des années de mauvais traitements. Elle est tombée amoureuse du plus jeune fils Dumasse. Il l'a mise enceinte. Il s'est servi d'elle... Madeline s'est métamorphosée : sa peine est devenue rancune, son amertume s'est changée en une haine si profonde qu'elle l'a conduite à tuer le père Dumasse. L'agence de tueurs, qui avait été payée par un concurrent de la famille pour supprimer le vieux patriarche,

décida de prendre Madeline à leur service. C'est alors qu'elle devînt une redoutable tueuse à gage. *(Elle s'approche de Sara, ces paroles gagnent en intensité.)* **N'aie pas peur Sara. Je sais que tu es capable de jouer ça. Mets dans cette scène tout ce que tu as, toute ta haine, toute ta rancœur, toute ton amertume.** *(Désignant Axel qui, entre-temps, s'est assis par terre.)* **Cet homme, tu le hais. Tout le mal qu'il t'a fait, tu l'as gardé au plus profond de toi pendant des mois. Alors canalise cette colère et propulse-la hors de toi. Vas-y Sara !**

### AXEL
*(Axel se lève, Danielle se retire sur le côté.)* **Sortez de l'ombre, je ne vous vois pas !**

### SARA
*(D'une petite voix.)* **Qu'importe, la mort on ne la voit pas, elle est silencieuse et sourn...**

### DANIELLE
**Non ! Non ! Non !** *(Elle fait face à Sara et d'une voix grave.)* **Qu'importe, la mort on ne la voit pas. Elle est silencieuse et sournoise. Ok !?**

### SARA
*(D'une voix plus forte.)* **Qu'importe, la mort on ne la voit pas. Elle est...**

### DANIELLE
**Plus fort !**

### SARA
**Qu'importe, la mort on ne la voit pas...**

## DANIELLE

Plus de haine !

## SARA

Qu'importe, la mort on ne la voit pas...

## DANIELLE

Plus d'amertume !

## SARA

Qu'importe la mort, on ne la voit pas. Elle est silencieuse et sournoise. Elle nous entoure et nous pénètre sans crier gare.

## KENZA

C'est con, c'que tu dis.

## DANIELLE

*(Elle la regarde désappointée.)* **Kenza !** *(Elle baisse la tête sur son calepin, faisant mine de travailler.)* **Encore une fois, en marquant des temps.**

## SARA

Qu'importe, la mort on ne la voit pas. Elle est silencieuse et sournoise. Elle nous entoure et nous pénètre sans crier gare. Vénères-tu cette chance de pouvoir entendre la mort te répondre?

*Les lumières s'éteignent.*
*Plein feu.*

*Franck et Grégoire se font face. Tous les deux pointent un revolver sur l'autre.*

## FRANCK

*(Ton glacial.)* **Je réitère. Où est Florian ?**

139

## GRÉGOIRE

Je ne sais pas, je te le jure. Pose cette arme avant qu'il ne soit trop tard. *(Franck se rapproche.)* Je vais tirer. *(Grégoire panique.)* Je te jure que je vais le faire !

## FRANCK

*(Franck, rapidement, se déplace vers Grégoire et lui colle son revolver sur la tempe.)* **Alors, tu tires ?** *(Ils se regardent un instant, plein de haine. Franck rit hystériquement.)* **Tu n'as plus de balles. Tu pensais me leurrer ?** *(Il prend l'arme de Grégoire et la jette à terre. Grégoire pousse Franck et se détourne de lui.)* **Eh, mais qu'est-ce que tu fais ? Reviens ! On n'a pas fini !**

## DANIELLE

*(Sortant de l'ombre.)* **Grégoire, c'était bien. Pourquoi tu t'es arrêté ?**

## GRÉGOIRE

Je ne veux pas me jeter à terre et supplier Franck !

## DANIELLE

Ce n'est pas toi qui te jettes à terre et ce n'est pas Franck qui est là.

## FRANCK

Ouais ! Si c'était moi, y'aurait pas eu de sommation. *(Indiquant son front.)* J't'aurais tiré deux balles là.

## DANIELLE

Grégoire, nous reprenons ?

## GRÉGOIRE

Ai-je le choix ?

**KENZA**

Non ! Grouille-toi. On n'a pas qu'ça à foutre.

*Les lumières s'éteignent.*
*Plein feu.*

*Coralie est à même le sol et Axel la masse. Danielle et Kenza*
*discutent en sourdine.*

**CORALIE**

Axel ?

**AXEL**

Oui, Cora.

**CORALIE**

Qu'est-ce que tu fais ?

**AXEL**

Je te masse.

**CORALIE**

Tu as besoin d'aller aussi bas ?

**AXEL**

Ton bassin va jusque-là.

**CORALIE**

*(Elle se relève.)* Le tien peut-être mais pas le mien.

**AXEL**

*(Il fait un sourire de contentement.)* Hé, c'est moi !

## CORALIE

**Justement.** *(Elle le regarde malicieusement. Puis tous deux rient aux éclats.)*

## DANIELLE

**Ok, Kenza ?**

## KENZA

**Ok, je monte là-haut.**

> *Les lumières s'éteignent.*
> *Plein feu.*

*Franck et Grégoire sont sur scène. Franck tourne le dos au public. En sortant son arme, il tourne sur lui-même pour faire face à Grégoire puis, rapidement, il s'avance vers lui.*

## FRANCK

**Alors, tu tires ?... Tu as utilisé tes dernières balles.** *(Il prend l'arme de Grégoire et la jette à terre. La panique se lit sur le visage de Grégoire. Franck semble jouir de cette situation. Franck recule tout en continuant de diriger son arme sur Grégoire.)* **Il faut vraiment que l'on en finisse maintenant.** *(Il se frappe le crâne avec la crosse de son arme. Il semble près de la folie et sa voix devient fluette.)* **Il faut que je tue, mon très cher ami.** *(Grégoire se jette à terre et se met à pleure.)* **Mon ami, allons, ne pleure pas.** *(Il s'approche de lui. Grégoire, toujours à terre, prend les deux jambes de Franck dans ses bras.)*

## GRÉGOIRE

**J't'en prie Logan, laisse-moi vivre. J'te jure, tu verras plus ma carcasse ici... Au nom de notre amitié passée.**

## FRANCK

*(Il s'agenouille auprès de Grégoire et prend son visage dans ses mains, son revolver collé contre sa tempe.)* **C'est bien au nom de cette amitié que je ne te découperai pas en morceaux de ton vivant. Comment pourrais-je me regarder dans une glace après ?... Tous mes rêves seraient parsemés de tes horribles cris.**

## GRÉGOIRE

**Je t'en prie !**

## FRANCK

**Chut... Goûte à cette dernière minute de vie. C'est pour la postérité... Mon ami.**

> *Les lumières s'éteignent.*
> *Une détonation se fait entendre.*
> *Plein feu.*

*Sara est debout, un revolver à la main. Axel est à terre à ses pieds, il est blessé au bras gauche. Sara repointe son arme sur Axel.*

## AXEL

*(Jouant le personnage de Dorian Dumasse.)* **Je t'en prie Madeline, ne fais pas ça.**

## SARA

**Madeline ? Tu te méprends, Dorian. Mon nom est Maddy.**

## AXEL

**Non ! Tu es Madeline. C'est toujours toi. Et c'est toujours mon enfant que tu portes. Peux-tu oublier tous les instants de bonheur que nous avons vécus ?** *(Sara commence à baisser son arme.)* **Toute la quiétude qui a été nôtre. Tout ce que**

nous ressentions l'un pour l'autre. *(Maintenant l'arme de Sara est parallèle à sa jambe. Il parle d'une voix douce.)* Madeline, j'aurais tant aimé que nous puissions vivre ensemble. J'aurais voulu t'aimer comme tout homme doit aimer sa femme en ce monde. Est-il possible de changer les choses, maintenant ?

### SARA
J'ai peur que tu me mentes, Dorian.

### AXEL
Si tu appuies sur cette détente, tu ne le sauras jamais.

### SARA
Dorian, je ne peux plus revenir en arrière. *(Elle passe la main sur son ventre.)* J'ai pris la vie de tas de gens dont les visages m'étaient inconnus, juste parce que l'on me payait pour ça. J'ai fait payer ma vie austère à des tas d'innocentes personnes, juste parce que leur bonheur me semblait injuste. Je n'avais jamais tué avant de porter la vie. *(Elle semble lasse.)* Je suis fatiguée, lasse de cette vie. *(Elle porte la main à son bas ventre tout en faisant une grimace de douleur.)*

### AXEL
Pardonne-moi, Madeline. Je ne voulais pas te faire de mal.

*(Il la prend dans ses bras. Sara à toujours ses bras le long du corps. Lentement, Axel fait glisser sa main le long des bras de Sara et, délicatement, saisit son flingue ; puis, tendrement, la serre dans ses bras. Au bout de quelques secondes, il pointe l'arme sur la tête de Sara qui est sensée ne pas s'en apercevoir. Elle est toujours blottie contre lui. Axel semble hésiter à tirer.)*

### SARA
Dorian, je crois qu'il va venir.

144

## AXEL

Qui ?

## SARA

Ton enfant.

## JULIE

Mais tu ne seras pas là pour le voir.

*Julie pointe son arme sur Axel, tandis que celui-ci fait de même sur Julie. Sara soulève sa robe et prend une arme accrochée à sa cuisse et la braque sur Julie.*

## SARA

Pose ça tout de suite, Laetitia.

## JULIE

Tu es folle, Maddy ! Il allait te buter. Comment peux-tu croire un type comme lui après ce qu'il t'a fait ?... *(Elles se dévisagent.)* Dis-lui de poser cette arme !

## AXEL

Pose-la avant et je la poserai !

## JULIE

J'ai pas envie de me faire buter, connard ! *(Sara tombe à terre, terrassée pas ses douleurs au ventre.)* Maddy ! Il faut l'emmener à l'hôpital.

## SARA

Pas avant que tu aies baissé ton arme.

**JULIE**

Dis-lui de baisser la sienne d'abord, tu me gardes dans ta ligne de mire et après je la rengaine... Maddy, fais-moi confiance.

**AXEL**

Ne la crois pas Madeline. Elle est payée pour me tuer.

*Entrent Grégoire et Franck, le premier visant Julie, le second visant Axel.*

**GRÉGOIRE**

T'as raison, tu vaux un sacré paquet de fric.

**FRANCK**

Ça serait vraiment dommage de laisser cette oseille nous passer sous le nez.

**CORALIE**

*(En entrant, elle vise Grégoire.)* **On résout le problème à l'amiable ou on y reste tous ?**

*Ils se tiennent en joue. Un instant se passe. Certains semblent embêtés.*

**FRANCK**

C'est à toi de parler, Julie !

**JULIE**

-Wech-, à moi ! T'as mal, toi, c'est pas à moi.

**AXEL**

*(Franck regarde Axel.)* **Me regarde pas comme ça. Je sais, ce que je dois dire.**

*Ils regardent tous Grégoire.*

### GRÉGOIRE
Tu.... *(Grégoire semble embêté.)* **Merde !**

### FRANCK
Eh ouais, ça pouvait-être que l'autre -glandu-.

### GRÉGOIRE
Eh, va te faire foutre !

### JULIE
Moi j'en ai marre de recommencer.

### DANIELLE
C'est ainsi. Les choses ne peuvent pas être parfaites au troisième coup. Tiens, Grégoire. *(Elle lui tend le dialogue et va s'asseoir pour écrire.)*

### AXEL
Toute façon, c'était pas très convaincant.

### JULIE
Parle pour toi, mon vieux.

### FRANCK
Oh, Madeline, que je t'aime, et patati et patata... *(Il tend la main à Sara.)* Je t'aide à te relever, princesse ?

### SARA
Y'avait pas assez de punch. Je crois qu'il faudrait un peu plus de dynamisme et être plus convaincu de ce qu'on fait.

## FRANCK

Tu m'étonnes ! Quand tu vois Greg pleurer t'as envie de rire, tellement c'est nul.

## GRÉGOIRE

Tu t'es vu toi. Si tu me donnais une réplique crédible, p't'être que je jouerais mieux. Ton jeu ne porte pas du tout le mien.

## FRANCK

Sûrement que j'vais te porter.

## DANIELLE

Vous arrêtez de vous descendre ou de vous juger les uns les autres ? On reprend !

*Ils râlent tous, mais s'exécutent.*

## KENZA

Eh, Sara ! Si tu ne veux pas que je dise aux vieux que dans la pièce tu enlaces un –keum-, t'as intérêt d'allonger la monnaie.

## SARA

Kenza, comment oses-tu ?

## KENZA

J'plaisante !

*Les lumières s'éteignent.*

# SCÈNE HUIT

*Lumière tamisée.*

*Une silhouette se découpe assis sur à même le sol.*

*Plein feu.*

*Sara entre. Le jeune homme assis se découvre aux spectateurs.*

**SARA**
**Salut, Franck. Que fais-tu là, assis dans le noir ?**

**FRANCK**
**Je broie du noir !**

**SARA**
*(Etonnée, elle s'approche.)* **Je peux peut-être faire quelque chose pour toi.**

**FRANCK**
**Je ne crois pas, non.**

**SARA**
**Je vais te laisser et attendre les autres dehors.**

*Sara se dirige vers la porte. Voyant celle-ci sortir, il affiche une mine triste*

## FRANCK

**Sara, reviens !** *(Elle réapparaît dans l'encadrement de la porte.)* **Je t'en prie, reste.** *(Il se lève. Tout doucement elle revient vers lui. Il lui jette un regard empli de tristesse.)* **N'as-tu jamais eu honte de ce que tu es ? N'as-tu jamais combattu tout ce que tu es ? Tes envies, tes peurs et tes peines...Ou l'amour que tu portes à une autre que tu sais n'être pas pour toi.... Ou un vice?**

*Sara regarde un instant Franck, inquiète. Puis tourne la tête vers la porte, s'assurant d'être bien seule avec Franck.*

## FRANCK

**Oublie ce que je viens de dire.**

## SARA

**Oublier ? Franck, ta tristesse me touche. Toi d'habitude si gai, si plein de joie. Aujourd'hui, tu m'apparais sous un autre jour. Tu masques avec tellement d'habileté tes peines. Moi, je n'arrive pas à me montrer en joie quand mon cœur est tourmenté.** *(Elle s'assoit à ses côtés en lui tapotant amicalement le dos.)* **De quel vice parles-tu ? Tu es un garçon tellement gentil et attentionné.**

## FRANCK

**Oh, je t'arrête, Sara.** *(Il lui fait face.)* **Quand je t'aurai dit certaines choses, tu retireras certainement ta main de mon épaule et tu ne me regarderas pas comme ça, si sympathiquement.** *(Sara, encore plus inquiète, retire doucement sa main posée sur lui. Franck finit par se détourner d'elle et s'en va s'appuyer contre le mur côté cour de la pièce. Sara l'observe tandis qu'il se détourne d'elle. Franck respire fortement.)* **Je suis gay.** *(Sara reste un instant abasourdie. Franck lui fait face, l'air grave.)* **Alors, mon vice t'apparaît enfin ?**

**SARA**

Non !... Je ne sais pas quoi te dire…

**FRANCK**

Ça te choque, non ? Toi, si axée sur des principes moraux.

**SARA**

Il est vrai que pour moi, le mariage... *(Elle baisse la tête.)*

**FRANCK**

Le mariage ? Continue.

**SARA**

Je ne peux pas. Mes principes sont pour moi. Je n'ai pas à te juger. Ce qui t'apparaît comme une chose normale est pour moi chose difficile à accepter. *(Elle se lève.)* Mais ne culpabilise pas. Ce n'est pas un vice. Tu ne peux pas aller à l'encontre de ces pulsions qui t'animent. On ne sait pas pourquoi un homme est poussé à aimer son semblable au lieu de désirer ce que Dieu lui a donné.

**FRANCK**

La femme !... Tu as raison, je ne sais pas ce qui m'anime... Mais il y a plus grave. J'aime un homme.

**SARA**

Et lui, il t'aime ?

**FRANCK**

Je ne sais pas... Non, je n'crois pas.

*Franck se détourne d'elle.*

**SARA**

Je connais le type dont tu es amoureux ?

**FRANCK**

Oui. *(Il lui fait face. Il a les larmes aux yeux.)* **Je n'ai pas pu m'empêcher de l'aimer. Axel est tout ce que je désire.** *(Sara se tourne vers le public. Elle affiche une grimace triste. Franck dépose sa main sur l'épaule de Sara qui sursaute à son contact. Surpris de sa réaction il retire sa main.)* **Je te dégoûte ?**

**SARA**

**Non, Franck.** *(Elle le regarde.)* **Je suis juste surprise...** *(Elle est gênée.)* **Puisque c'est l'heure des confidences... Moi aussi, j'aime Axel. Enfin, j'le trouve bien... Il est bien.**

**FRANCK**

**Ah ouais ! Tu sais, t'as plus de chance que moi : il aime les femmes.**

**SARA**

Il ne s'intéresse pas à moi.

**FRANCK**

**Alors, nous aurons ça à partager.** *(Franck la serre dans ses bras. Puis il se met à courir autour de la salle en criant.)* **Pourquoi j'suis gay, nom de Dieu !** *(Il revient vers elle.)* **Je n'arrive même pas à accepter ce que je suis. J'suis même sorti avec des filles pour voir si... C'était cauchemardesque.** *(Il s'arrête, perplexe.)* **Dis, j'suis pas un peu taré ?**

**SARA**

**Beaucoup, même.** *(Il la regarde désappointé. Sara rit avant de reprendre son sérieux.)* **Je plaisante. Ecoute, Franck. Considère ton homosexualité comme une maladie incurable avec laquelle tu dois apprendre à vivre. Et comme tout ce qui est incurable, tu dois l'aimer et non la combattre. Elle fait partie intégrante de toi. N'essaie pas de la chasser parce**

qu'elle sera toujours latente, prête à exploser si tu la réfutes. Tu comprends ?

## FRANCK

J'avais jamais vu les choses sous cet angle... Ouais ! C'est une bonne et délirante métaphore.

*Sara rit aux éclats. Franck affiche une grimace.*

*Les lumières s'éteignent.*

# SCÈNE NEUF

*Le tonnerre se fait entendre.*

*Plein feu*

*Julie entre. Elle retire son manteau humide et le secoue. Elle semble lasse, tandis qu'elle avance à petits pas vers une chaise plaquée contre le mur côté jardin de la scène, et d'un geste brusque y jette son sac et son manteau. Elle porte des lunettes noires, deux fois trop grandes pour elle, ce qui masque une grande partie de son visage. Elle baisse la tête pour les retirer et essuie l'eau de pluie qui s'y trouve avec le bas de son pull. A aucun moment, son visage n'apparaît aux spectateurs. Après avoir bien essuyé ses lunettes, elle les remet sur son nez et relève la tête. Elle sort de son sac les textes et récite un passage de la pièce. Tandis que dehors l'orage gronde de plus belle, Danielle entre, toute trempée. Elle fait un sourire à Julie.*

**DANIELLE**
Ça alors ! C'est incroyable ! Les giboulées de mars sont vraiment gratinées aujourd'hui. Bonsoir, Julie ! Comment vas-tu ?

**JULIE**
Bien, et toi ?

## DANIELLE

**Toujours, le mercredi** *! (Elle sourit en passant la main sur son ventre.)* **Le bébé passe son temps à me donner des coups. J'ai l'impression qu'il va passer à travers.**

*Elle rit, puis surprise que Julie ne réagisse pas, elle s'approche d'elle au moment où Franck et Axel entrent.*

## AXEL

**Par tous les saints ! Quel temps !**

## FRANCK

**Regardez ce qu'on s'est amusés à faire en attendant le bus.**

*Tout en ouvrant leur parapluie, ils chantent « Singing in the rain » en dansant. Sara entre et les regarde danser, étonnée, tandis que Danielle s'est installée à une table dans le fond de la scène.*
*Danielle, Julie et Sara restent perplexes.*

## AXEL

**Ben quoi ? Ça vous plaît pas ?**

## SARA

**Ça c'était Gene ?**

## FRANCK & AXEL

**Ouais !**

## SARA

*(Sur un ton moqueur.)* **Kelly ?**

## FRANCK

*(Jetant un regard à Axel avant de répondre.)* **Ouais.**

**SARA**

*(Elle pouffe de rire tandis qu'elle se dirige vers Danielle, laissant Axel et Franck sans voix.)* **Il vaut peut-être vraiment... Vraiment mieux entendre cela que d'être sourd.**

**AXEL**

**Que tu crois.**

**FRANCK**

**Sara, tu m'épates là ! Toi, d'habitude si sérieuse, tu te mets à charrier.** *(Il secoue la tête ironiquement.)* **La charrieuse de service, on l'a déjà.** *(Faisant un signe à Julie qui s'est assise sur une chaise, la tête dans le manuscrit.)* **D'ailleurs, ce qui est étonnant, c'est qu'elle charrie pas aujourd'hui. Alléluia ! A mon avis c'est à cause d'elle qu'il pleut.**

**JULIE**

**Oh, écrase !**

**FRANCK**

**Quelle agressivité mon amie ! T'as bouffé du cheval ou quoi ?** *(Elle se détourne d'eux.)* **V'la qu'elle boude maintenant.**

*Il se jette à ses pieds, tout en faisant un tas de grimaces et bruitages plus grotesques les uns que les autres. Axel rejoint Sara sur le devant de la scène.*

**AXEL**

**Tu as réfléchi à ce que je t'ai dit la semaine dernière ?**

**SARA**

*(Baissant la tête et parlant à demi-ton.)* **Oui... Je crois.**

## AXEL

Regarde-moi, Sara... Voilà, c'est mieux. Et puis c'est moi que tu vas embrasser, et pas le dernier des péquenots... *(Il lui prend la main délicatement.)* Je sais que je ne te laisse pas indifférente. *(Elle le regarde stupéfaite et sans voix.)* N'est-ce pas que je ne te laisse pas indifférente ?

## SARA

Je ne suis pas la seule qui ne soit pas indifférente. Tu serais surpris. *(Axel prend un air étonné.)* Je t'aime bien... Et toi, tu m'aimes bien ? *(En lui jetant un regard furtif.)*

## AXEL

Bien sûr, Sara. Sinon pourquoi je m'inquiéterais pour toi ?

*Ils se regardent un instant dans les yeux. Franck arrive et dépose sa main sur l'épaule de Sara qui sursaute à son contact.*

## FRANCK

-Bouh- !

*Sara, surprise, se dirige vers Danielle et s'assoit à côté d'elle. Axel semble désappointé.*

## AXEL

Pourquoi t'as fait ça ?

## FRANCK

Quoi ? Fait quoi ?

## AXEL

Je ne plaisante pas !

## FRANCK

*(En chœur avec Axel.)*
*(Posant ses mains sur ses oreilles.)* **Je n'écoute pas ! Et je ne te parle pas ! Je suis heureux ! Et je ne veux pas ! Non, vraiment pas ! Ecouter tes inepties !**

## AXEL

*(En chœur avec Franck.)*
**Arrête ! J'ai dit : arrête ! Putain, c'est quoi ton problème ? Tais-toi ! Tu me casses les oreilles!**

## DANIELLE

**Vous avez fini, là-bas ? Je n'arrive pas à me concentrer.**

## FRANCK

*(D'une voix solennelle.)* **Ainsi le prof a parlé !**

## AXEL

**Ta mère aurait mieux fait de se casser une jambe le jour où elle t'a pondu, débile Franck.**

## FRANCK

*(Ton ironique.)* **Jour ? Désolé, mon p'tit spermato. Pour ta gouverne, je t'informe que je suis né à trois heures du matin, heure locale. Et toc !** *(Hurlant en courant autour de la salle.)* **Eh oui ! Franck le magnifique a encore marqué un but, et la balle est de son côté. C'est qui le plus débile ? C'est la grande question du jour. Et faudrait répondre sur papier libre avant que les martiens envahissent notre bonne vieille Terre sur laquelle nous marchons, nous nageons, ou volons, ou... Que ferons-nous dans le futur ? Quel sera notre prochain mode de transport ?** *(Coralie entre. Franck se précipite sur elle faisant mine de tenir un micro et parle à la manière des présentateurs de télévision.)* **Alors Madame, est-ce que vous pensez que dans un avenir très proche nous**

atterrirons toujours, ou est-ce que l'amerrissage sera un peu plus pratiqué, compte tenu de la fonte des glaces ?

### CORALIE

*(Etonnée.)* **La fonte des glaces ?**

### FRANCK

-Teut- ! Mauvaise réponse. Et encore un -plouc- qui se fout de l'écologie. Tu passeras donc en commission de fouettage pour n'être qu'une nulle. Comme toutes les personnes présentent dans cette salle ! Ouais !

### AXEL

Et comme tu surpasses de beaucoup en nullité et débilité l'ensemble des gens ici présents, tu y passeras en premier.

### FRANCK

-Teut- ! Mauvaise réponse.

### CORALIE

*(Ironiquement.)* **Très cher Franck, compte tenu de la tournure des événements, je te suggèrerai... En espérant que cela ne t'offusquera pas... Et j'insiste sur le fait que cela te fera le plus grand bien... Sur les bienfaits d'une thérapie, et de ce qu'elle pourrait apporter à ton existence qui semble... en somme, très confuse. Tout individu a sa complexité...** *(Elle sourit.)* **Toi en particulier. Tu restes une énigme, et t'étudier serait un bienfait pour tous les psychologues. Tu es par moment... Tu es par moment tantôt dérangé, tantôt débile profond.** *(Elle lui donne une carte.)* **Passe voir mon mari quand tu veux. Il va de soi que je lui demanderai de te faire un prix sur les honoraires.**

*Coralie se dirige vers Danielle laissant Franck bouche bée. Puis, après un instant, il affiche une mine satisfaite.*

### AXEL

Là, elle t'a scotché !


### CORALIE

*(Elle dépose son parapluie contre le mur.)* **Danielle, bonsoir. Il fait un temps... Comment dirais-je ?**


### DANIELLE

De chien ?


### CORALIE

Je n'osais m'exprimer ainsi, mais tu résumes parfaitement ma pensée. Bonsoir, Sara.


### SARA

Bonsoir, Coralie !


### CORALIE

Je vais aux toilettes et je reviens tout de suite.


### DANIELLE

*(Se levant de sa chaise.)* **Bon, nous allons commencer... Sara, Axel, scène 8.**


### FRANCK

Le baiser ! *(En riant.)*


### SARA

*(Toute tremblante.)* **On ne fait pas d'exercices pour se préparer ?**


### AXEL

T'inquiète pas, chérie, ça se passera bien. Personne n'a des chewing-gums ?

*Un coup de tonnerre se fait entendre, faisant sursauter tout le monde.*

### DANIELLE
Pas de panique ! L'immeuble est équipé d'un paratonnerre.

### AXEL
*(Moqueur.)* Qui panique ?

### KENZA
*(En entrant.)* J'vous préviens que des fusibles ont pété.

### DANIELLE
Pas de préparation aujourd'hui. Sara, tu entres par là... Toi, Axel, tu te trouves ici.

### SARA
Attends ! Il faut que je prenne mon flingue.

### FRANCK
Dommage qu'il ne soit pas équipé de vraies balles. *(Faisant mine de flinguer Axel avec son doigt.)*

### AXEL
Ah, Ah, Ah ! Ta blague ne fait rire personne.

### FRANCK
Ça aurait fait rire Julie, si seulement elle était dans son état normal.

### KENZA
Je monte à la régie. Priez pour moi. Un éclair sur le bâtiment et j'suis grillée.

**SARA**

**Fais gaffe à toi, Kenza !**

*Franck et Axel se donnent des petites tapes tout en se dirigeant vers Danielle. Sara pose son arme sur le bureau. Coralie se dirige vers Julie, toujours assise sur le devant gauche de la scène. Elle s'assoit à côté d'elle. Les autres sont occupés à répéter.*

**CORALIE**

*(Inquiète.)* **Ça n'a pas l'air d'aller ?**

**JULIE**

**Si, ça va... Enfin, je crois.**

**CORALIE**

**Tu veux que nous parlions de ce qui ne va pas ?**

**JULIE**

**J'en sais rien... Je ne sais même pas si... Enfin, c'est pas facile.** *(Elle jette un oeil au fond de la salle où ils se trouvent tous. S'assurant ainsi qu'ils ne prêtent pas la moindre attention à elle.)* **J'ai des problèmes avec Jérôme et je ne sais plus quoi faire...** *(Elle se retient de pleurer.)*

**CORALIE**

**Julie ?... Je peux enlever tes lunettes ?**

*Elle dépose sa main sur sa joue, puis, délicatement, les lui retire. Elle découvre sur l'oeil droit de Julie un hématome, presque guéri. Sara, Danielle et Axel se rapprochent du devant de la scène. Bien que ceux-ci ne prêtent pas la moindre attention à elle, Julie reprend ses lunettes et les remet sur son visage. Coralie lui prend la main discrètement et la regarde, emplie de compassion.*

**DANIELLE**

Sara, c'est à toi de jouer ! Et n'oublie pas ce que je t'ai dit !


**SARA**

*(Faisant mine de rentrer dans la salle en prenant un air plus dur.)* **Dorian !... Oh mince, j'ai oublié mon flingue.**

*Elle se précipite vers la table, prend le pistolet qui s'y trouve et le fait passer dans la ceinture de son pantalon. Coralie sort.*


**DANIELLE**

Oh ! Une minute... Tiens, je t'ai amené un coussin pour que tu t'habitues... Voilà ! N'oublie pas, ce coussin est aussi léger qu'une plume, mais un enfant, c'est autrement plus lourd.


**SARA**

J'ai la chance d'avoir un modèle. *(Tout en effleurant le ventre de Danielle. Elle refait mine d'entrer dans la pièce.)* **Dorian !**


**AXEL**

Qui va là ?... Je ne vous vois pas... Sortez de l'ombre !


**SARA**

Qu'importe, la mort on ne la voit pas. Elle est silencieuse et sournoise. Elle nous entoure et nous pénètre sans crier gare. Vénères-tu la chance que tu peux avoir de pouvoir entendre la mort te répondre ? Cette mort qui est tienne et que tu as fait mienne, il y a bien longtemps.


**AXEL**

Vous êtes folle. Vous dites bien plus d'absurdités que je n'en ai jamais entendues... Quittez cette demeure avant que je vous fasse chasser par mes gardes.

## SARA

Il n'est rien que je ne dise que je ne puisse faire. Il n'est aucune souffrance que tu m'aies infligée que je ne puisse t'infliger. Qu'importe la folie de mes propos car c'est toi qui les as fait. Comme cet enfant que tu as fait germer au plus profond de mes entrailles. Cela ne te rappelle donc rien ?

## AXEL

Madeline !? *(Il rit.)* C'est absurde.

## SARA

*(Elle sort son arme et la pointe sur le front d'Axel qui cesse de rire. Dehors, l'orage gronde de plus belle)* **Rien de ce que tu me diras ne pourra plus m'atteindre. Pour moi, tu n'es qu'un souvenir s'effaçant chaque jour un peu plus... J'ai rêvé de cet instant tant de fois. Après avoir appuyé sur cette détente, j'aurai effacé à jamais l'être si frêle qui survivait encore en moi.**

> *Un coup de tonnerre.*
> *Les lumières s'éteignent.*

*Un cri strident retentit. Dans le noir complet.*

## SARA

Kenza, ça va ?

## KENZA

Ouais, c'est good. J'viens de me prendre mon premier trip électrique !

## FRANCK

Qui a crié ?

## JULIE

Je crois que c'est Coralie.

## DANIELLE
Ne paniquez pas, la lumière va...

*Lumière tamisée*

Eh bien, vous voyez !

*Franck siffle en voyant Sara dans les bras d'Axel.*

## FRANCK
Waw ! Vous perdez pas le nord, vous au moins.

## SARA
*(Honteuse, elle se défait de l'étreinte d'Axel.)* Je... J'ai été surprise.

## AXEL
J'ai tenté de la rassurer du mieux que j'ai pu.

## CORALIE
*(Complètement paniquée.)* Non, mais vous vous rendez compte. J'ai vraiment eu très peur. Déjà que le couloir qui mène à cette salle n'est vraiment pas très engageant. Manque plus que les éléments le transforment en chambre noire.

*Coup de tonnerre.*
*Les lumières s'éteignent.*

Je vous l'avais dit, cette pièce est maudite ! Je vous salue Marie pleine de grâce et...

*Veilleuses.*

## AXEL
Tais-toi Coralie, tu vas nous foutre les j'tons.

## DANIELLE
Je sais où se trouve la boîte à fusibles. Je reviens.

**CORALIE**

Je viens avec toi Dani. Où es-tu ? *(Elle la percute.)* Je crois que je t'ai trouvée.

**DANIELLE**

Tiens-moi la main. On revient !

**AXEL**

Où es-tu, Sara ?

**SARA**

Ici, à côté de Julie.

**CORALIE**

*(Du couloir.)* Y'a quelqu'un à côté de moi.

**FRANCK**

Stupide girl, c'est Danielle ! *(Il rit avec Axel.)*

**CORALIE**

Non ! Je sens une autre présence !

**DANIELLE**

Calme-toi, Coralie et aide-moi plutôt à soulever cette boîte.

**AXEL**

Putain, j'ai jamais vu une poule mouillée pareille.

**JULIE**

Vous avez fini de critiquer ? C'est Coralie qui s'est proposée d'aller dans le couloir avec Dani. Tandis que vous, bande de trouillards, vous restez là comme des cons !

## AXEL

Chérie, tu te calmes avec ton langage. Vois-tu, Julie, si nous restons là, c'est qu'il nous paraît essentiel de travailler nos personnages.

## JULIE

Dans le noir ?

## AXEL

Ça nous permet de faire abstraction de ce qui nous entoure plus facilement.

## JULIE

Ben voyons ! Qu'est-ce qu'il ne faut pas entendre !

## FRANCK

J'suis sûr que c'est encore un coup de l'autre glandu de Grégoire.

## JULIE

Pourquoi couperait-il l'électricité ?

## FRANCK

Pour s'amuser.

## JULIE

*(Elle rit.)* Ouais, c'est vachement -fun-. Je ne crois pas qu'il ferait ça maintenant qu'il fait partie de la pièce.

## FRANCK

Si, justement. Tu crois pas qu'il a pu accepter de jouer avec nous juste pour nous nuire ?

## AXEL

A mon avis, *Peur ancestrale* t'a broyé le cerveau.

### JULIE

Broyé seulement ? Est-ce que tu crois vraiment que Greg viendrait ici tous les mercredis, juste pour nous embêter. Tu ne crois pas qu'il aurait autre chose à foutre ?

### FRANCK

Mais ce type est tordu. Il y prend certainement un malin plaisir à venir et cogiter pour trouver un plan, qu'il aurait utilement mis en chantier. J'sais pas moi, p't'être plusieurs mois avant. Et que sournoisement il peaufine... *(Lumières tamisées. Grégoire est derrière lui. Julie, qui avait retiré ses lunettes dans le noir les remet aussitôt, puis elle regarde Axel et ils se font une grimace.)* dans l'espoir de trouver l'instant le plus adéquat pour nous le faire manger ! *(Il piétine le sol avec rage.)*

### AXEL

Franck ? Tu pourrais arrêter de t'exciter et regarder un peu plus autour de toi ? Conseil d'ami.

### FRANCK

J'ai pas fini, mec ! *(Axel lance un regard embêté à Julie.)* Moi j'vais dire un truc. Si j'étais Dani, j'l'aurais même pas laissé franchir le seuil de cette porte. On n'en a rien à foutre que son père...

### JULIE

*(Faisant signe à Grégoire, tout sourire.)*
Salut, Greg. Comment vas-tu ?

### AXEL

On se -marave- d'enfer aujourd'hui !

*Surpris, Franck fait les gros yeux, l'air dépité, à Julie et Axel. Puis, sentant bien le regard patibulaire de Grégoire, il finit par lui faire face. Franck, gêné, lui sourit.*

### FRANCK

Oh... Salut... On ne t'attendait plus... J'ai même pensé... Un instant... Que c'est toi qui t'amusait à éteindre... *(Sentant que le mal est fait, que la haine de Grégoire est plus qu'apparente et ne voyant plus d'échappatoire il se met à hurler.)* ce putain d'interrupteur ! Alors, t'avoues tes crimes ?

### GRÉGOIRE

*(Très calme.)* Je n'ai pas éteint cet interrupteur, mais j'éteindrais bien tout ce que tu es... Je n'ai pas le pouvoir de commander aux éléments. Si je le pouvais, je t'aurais frappé d'un éclair. Et tandis que tu te consumerais à petit feu, je rirais ainsi, juché sur mon nuage.

### FRANCK

A mon avis, tu es à l'Ouest mon p'tit gars. Rêver commander aux éléments ! Hi, hi, hi ! C'est net... *(Danielle, Kenza et Coralie entrent.)*

### KENZA

On se casse les enfants !

### DANIELLE

Au prochain coup de tonnerre, nous serons définitivement dans le noir. Oh, bonsoir Grégoire.

*Les lumières clignotent.*

### CORALIE

*(Fièrement.)* Je savais bien qu'il y avait quelqu'un dans le couloir. Bonsoir, Greg. Pourquoi ne pas nous avoir signalé ta présence dans le couloir ?

### AXEL
*(Ironiquement.)* Ouais, c'est vrai ça. Pourquoi ?

### GRÉGOIRE
Je voulais vous faire une surprise et elle n'a pas loupé. Je sais maintenant ce que l'on pense de moi.

### DANIELLE
Je crois qu'il est inutile d'insister aujourd'hui. Nous allons vider les lieux.

### AXEL
Vas-y ! Ça dégoûte.

### JULIE
On est venu pour rien !

### FRANCK
Affronter une pluie battante pareille pour finalement rentrer chez soi bredouille, c'est la haine.

### CORALIE
Tels sont les aléas de la vie. Quand je pense que je n'ai même pas eu le temps d'aller aux toilettes refaire mon maquillage et que je vais devoir ressortir comme cela.

### AXEL
Si tu veux, je peux t'accompagner aux toilettes avec la torche.

**CORALIE**

Tu ferais cela pour moi ?

**DANIELLE**

Pas le temps. Il faut que j'aille voir le père de Grégoire pour l'informer du problème de ce soir. Alors, ouste, tout le monde dehors !

**FRANCK**

C'est qu'elle nous jetterait sous la bourrasque, sans la moindre compassion.

*Tout le monde commence à sortir de la salle. Coralie se précipite à l'autre bout de la salle et récupère son parapluie.*

*Les lumières s'éteignent.*

*Coralie hurle.*

*Veilleuses.*

**AXEL**

T'excite pas Cora. On est là.

**CORALIE**

Je déteste le noir.

**AXEL**

Ça m'aurait pas étonné.

**CORALIE**

Ce n'est pas ce que j'ai voulu dire. Ce n'était pas péjoratif.

**AXEL**

Je sais. Je plaisante.

*Les veilleuses s'éteignent.*

# SCÈNE DIX

*Noir complet.*

*On entend les voix de Danielle et d'Axel.*

### DANIELLE
Kenza et Franck ne sont pas arrivés ?

### AXEL
J'vais les tuer. Y'a plein de boutons ! J'sais même pas à quoi ça sert !

### DANIELLE
C'est le bouton on/off. Ça allume automatiquement les lumières centrales.

### AXEL
Ok, ok, ok. *(Il rit.)* J'imite Joe Pesci dans *l'Arme fatale*.

### DANIELLE
*(Ironiquement.)* **Non !** *(Elle rit.)* **Je n'aurais pas deviné tellement c'est parfait.**

*Plein feu.*

### DANIELLE

*(Danielle regarde sa montre.)* **Bien, dans six minutes, ils arrivent... Oh !** *(Elle tient son ventre, surprise. Elle sourit. Axel entre.)*

### AXEL

**Qu'est-ce qu'il y a ?**

### DANIELLE

**Le bébé ! Il bouge !**

### AXEL

*(Etonné.)* **Pourquoi ?**

### DANIELLE

*(Elle rit.)* **Pourquoi !? Il est à l'étroit là dedans. Donne-moi ta main.**

### AXEL

*(Craintif.)* **Non, Dani, je risquerais de lui envoyer de mauvaises ondes !**

### DANIELLE

**Allez ! Viens !**

### AXEL

**Tu crois qu'il va apprécier ?**

### DANIELLE

**Chut ! Ecoute !**

### AXEL

**Une main, ça ne sert pas à entendre.**

## DANIELLE

Idiot !

*Ils se regardent malicieusement.*

## AXEL

Ça y est ! Je l'ai senti bouger. *(Ils rient de plus belle.)* C'est dingue ! Qu'est-ce qu'il bouge ! C'est une boule de nerf. C'est sûr, tu vas avoir de sacrés problèmes. Il va te faire tourner en bourrique plus tard ! Mais c'est qu'il se rebiffe. *(Il s'agenouille.)* Ah, mon Dieu ! Ma main, il la tient par la seule force de sa pensée !

*Il veut dégager sa main. Il tire en hurlant. Danielle rit de plus belle quand son visage se fixe sur quelque chose qu'elle n'avait pas vue en entrant. Julie est assise à même le sol, contre un mur, sous la table. Voyant le visage figé et pris d'une soudaine inquiétude, Axel regarde dans la même direction. Il voit Julie en état de choc. Sans réfléchir, il se précipite vers elle. Mais Dani, dans un geste de lucidité, le retient.*

## DANIELLE

Axel, sors.

## AXEL

*(Révolté.)* Pourquoi !?

## DANIELLE

Ne pose pas de questions.

## AXEL

*(Air suppliant.)* J'veux pas partir !

## DANIELLE

**Axel, les autres vont arriver. Je ne veux pas qu'ils la voient ainsi... S'il te plaît.**

*Axel hésite un instant, puis sort, l'air dépité. Danielle s'avance vers Julie et s'accroupit à ses côtés avec peine. Julie pleure silencieusement. Sa respiration est entrecoupée de spasmes. Son regard est fixe, comme sans vie. Elle est complètement recroquevillée sur elle-même. Danielle pose sa main sur le genou de Julie, qui sursaute à son contact.*

## DANIELLE

**Julie, c'est Dani.** *(Danielle prend l'intonation la plus douce qu'il lui est possible de prendre.)* **Julie, qu'est-ce qui s'est passé ?**

*Danielle s'aperçoit que Julie a du sang séché sur son visage et ses bras. Elle se lève, prend son portable et compose un numéro en sortant de la salle. Après quelques secondes, Axel entre, suivi de Danielle qui parle à une personne.*

## DANIELLE

**Je ne sais pas. Elle a du sang séché sur elle... Je n'en suis pas sûre. Mais je pense que c'est le sien... Ok.**

*Danielle éteint le portable et soupire en jetant un regard impuissant à Axel qui, entre-temps, s'est assis aux côtés de Julie.*

*Les lumières s'éteignent.*

# SCÈNE ONZE

*Plein feu*

*La sirène des pompiers retentit.*
*Coralie, Sara, Greg, Franck, Kenza et Axel sont assis, certains*
*à même le sol, d'autres sur les chaises, tristement. Danielle*
*entre. Axel se précipite vers elle sous le regard chargé de*
*questions des autres.*

### AXEL
Alors, Dani ?

### DANIELLE
Elle va à l'hôpital pour des examens. J'irai la voir tout à
l'heure.

### AXEL
*(Enervé, il fout un coup de pied à une chaise.)* **J'aurai dû**
**partir avec elle !...** *(Rageusement.)* **Qu'est-ce qu'il lui est**
**arrivé ?**

### DANIELLE
Je ne sais pas, Axel. Je ne sais rien de sa vie, rien d'elle.

### CORALIE
*(Elle se lève, timidement.)* **C'est son mari. Il la bat.**

**FRANCK**

Comment tu sais ça toi ?

**CORALIE**

Elle me l'a dit.

**AXEL**

Julie est mariée !?

*Coralie fait un signe positif de la tête. Axel semble choqué.*

**CORALIE**

Dani, je pourrais venir avec toi ?

**DANIELLE**

Ecoute, je préférerais y aller toute seule. Je ne pense pas qu'aux urgences ils acceptent trop de monde. Mais je vous téléphonerai après. Maintenant, au travail !

**AXEL**

Quoi! ? Tu veux qu'on répète après ce qui vient de se passer?

**DANIELLE**

La terre continue de tourner.

**KENZA**

Je vais à la régie.

**AXEL**

*(Révolté.)* J'arrive pas à y croire !

## FRANCK

*(Il se lève en tendant la main à Sara pour l'aider à se relever.)*
**Elle a raison, Axel. Julie n'aurait pas aimé qu'on s'apitoie sur son sort.**

## AXEL

**Pourquoi elle est venue ici, alors ?**

## FRANCK

**Parce qu'elle n'avait nulle part où aller.**

*Les lumières s'éteignent.*
*Lumière sur le devant de la scène.*

*Grégoire avance sur le devant de la scène, un demi-sourire traînant sur son visage.*

## GRÉGOIRE

**Ça commence à craindre ! J'vous l'avais dit ; cette troupe est destinée à plonger... A vrai dire, je ne pensais pas que ce serait de cette manière. Ils sont tous dépassés par les événements... Julie qui se fait fracasser par son mari. Finalement j'le comprends. Se taper Julie tous les soirs, y a de quoi devenir dingue. Le comble de tout, Dani a accouché d'une pisseuse avant hier. Sans metteur en scène, j'suis curieux de savoir comment ils vont s'en sortir... Dans un mois et demi c'est le spectacle.** *(Il rit.)* **Je ne raterai la répétition de demain pour rien au monde...** *(Il ne rit plus. Il regarde autour de lui, son regard devient triste.)* **Autrefois c'était un endroit magnifique. Le plus bel endroit qui existait sur terre... J'aimais la regarder virevolter, danser comme une déesse. Mais ce temps-là est révolu... Comme beaucoup de choses...** *(Il sourit.)* **Ce week-end j'ai un match.... Ah oui, j'avais oublié de vous dire que je fais du basket... Ça se passe bien. J'suis un bon joueur, même si je**

179

n'ai pas la taille adéquate. Mais je ne suis pas trop accepté dans l'équipe. *(Il rit.)* Et pour cause... Malheureusement tout se passe bien. L'équipe s'entend bien, nous gagnons pas mal de matchs. Bref, ça se passe beaucoup trop bien à mon goût. Un peu de merde, ça ne ferait pas de mal, non ? J'vais y remédier. Le plus tôt sera le mieux... Vous n'êtes pas d'accord ?

*La lumière s'éteint, accompagnant le rire de Grégoire.*

# SCÈNE DOUZE

*Plein feu*

*Sara entre et s'approche d'une chaise pour y déposer ses affaires. Axel, sur ses talons, s'approche d'elle.*

## AXEL
Tu as des nouvelles de Dani ?

## SARA
Oui, elle va très bien. Et le bébé est magnifique. Je suis heureuse pour elle... Dani m'a raconté que le mari de Julie avait débarqué en bas de chez elle au moment ou vous y étiez.

## AXEL
Ouais, avec une énorme batte de baseball. Genre : le mec il s'est pris pour *Negan. (Personnage du Comics « The walking dead ».)* Heureusement, il a raté ma tête. J'ai un gros bleu sur le bras. *(Il lui montre, fièrement.)* Il nous a eus par surprise quand on est entré dans le hall de Dani. D'ailleurs, Grégoire sortait de chez son père. Il a eu la flippe de sa vie quand Jérôme a brandi la batte dans sa direction. On s'est interposé, bien sûr, on n'allait pas laisser Greg en galère. On l'a massacré ce fils de... Désolé Sara... As-tu vu Julie ?

**SARA**

Elle est toujours chez Dani. Je pense qu'elle va demander le divorce. Elle a porté plainte contre son mari.

**AXEL**

Tu savais qu'elle se faisait battre ? *(Elle fait un signe positif de la tête. Axel, l'air pensif, soupire.)* Je crois que j'en suis amoureux. *(Sara baisse la tête pour masquer sa tristesse.)* Ça aussi, je présume que tu le savais ? *(Même signe positif. Sara se met à pleurer silencieusement. Il s'approche d'elle, confus. Elle se détourne de lui. Mais, délicatement, il l'attire dans ses bras et la serre très fort.)* Je ne sais pas ce que j'ai fait de bien dans ma vie pour mériter ton amour et celui de Franck.

**SARA**

*(Sara le regarde, étonnée.)* Tu es au courant pour Franck ? *(Ils se regardent un instant.)...* Tu es un garçon bien, Axel. Et un ami. J'espère que toi et Julie, ça marchera.

**AXEL**

Et toi ?

**SARA**

Le temps arrange tout.

*Elle dépose un baiser sur ses lèvres. Des voix provenant du couloir se font entendre. Ils s'éloignent l'un de l'autre.*

**CORALIE**

Tu es trop mou. Il faut être plus vif pour ce jeu.

**FRANCK**

Je suis vif. C'est toi qui en demandes trop. Ah, salut les potes !

182

## AXEL & SARA
Salut !

*Grégoire entre.*

## FRANCK
Alors ? Dani étant à l'hôpital psychiatrique, qu'est-ce qu'on fait ? On s'éclate ? Ça va être vachement -fun- aujourd'hui.

## GRÉGOIRE
Danielle a donné le flambeau à Sara. C'est elle qui nous enseigne ce soir les vertus de la mise en scène.

## FRANCK
Non ! Depuis quand t'es metteur en scène ?

## SARA
Depuis que Dani l'a décrété. Bon, on va reprendre les scènes une par une. J'vous assure, j'vais vous faire marcher aussi droit que Dani.

*Kenza entre.*

## KENZA
He les filles, j'ai les sapes pour vous dans la remise. Si ça vous intéresse, venez les voir tout de suite !

## CORALIE
Tu nous le permets, Sara ?

## SARA
Pour sûr ! J'suis trop pressée de les voir moi aussi !

*Elles sortent. Axel et Franck se regardent malicieusement. Grégoire se met dans le coin le plus sombre pour réviser son texte.*

### FRANCK

Si ce sourire veut dire -allons espionner les filles nues-, c'est pas bon... Mais pourquoi pas ? Chiche !

*Ils rient.*

### AXEL

T'es dingue, complètement dingue ! Remarque, j'crois qu'on se marrerait autant qu'en voyant la tête de Grég.

### FRANCK

Ouais ! t'as vu sa tronche quand ce fou de Jérôme s'est approché de lui. J'ai cru qu'il allait pisser dans son slip.

*Ils éclatent de rire, tout en s'asseyant. Ils restent un instant face au public sans mot dire. Ils reprennent un regard sérieux.*

### AXEL

On se marre vraiment pour n'importe quoi.

### FRANCK

Ouais *! (Ils se regardent, avant de se mettre à rire.)* Vu l'état des choses, vaut mieux en rire.

### AXEL

Les événements n'ont pas tourné en notre faveur. La pièce est dans tout juste un mois. J'y crois plus.

### FRANCK

Ne dis pas ça. Elle se fera. Dani revient la semaine prochaine. Elle fait des efforts et nous, nous nous devons de l'appuyer et d'y croire. *Peur ancestrale* verra le jour, même si le travail final aurait pu être mieux. Nous allons nous défoncer pour ça. Parce que ça en vaut le coup. J'ai fini les affiches. Demain je les donne à la mairie pour les panneaux d'affichages de la ville. Les tickets d'entrée c'est Sara qui s'en charge. C'est en bonne voie ! Et puis, on a eu de bons moments, non ?

### AXEL
Ouais, si on compte la fois où tu as descendu ton froc devant Grégoire.

### GRÉGOIRE
Eh ! Je vous entends, depuis tout à l'heure !

*Ils rient sans daigner le regarder.*

### FRANCK
En tout cas, je préférerais me faire moine que de me faire Grég le barjo !

### AXEL
*(Franck baisse la tête, gêné d'avoir dit ça.)* Ne sois pas gêné, Franck. Je comprends ta réticence à en parler. Je suis ton ami et je compte le rester. Alors, prends ton temps...

*Julie entre timidement. Ils se lèvent. Une gêne les englobe.*

### FRANCK
Je vous laisse. *(Il embrasse Julie sur la joue en passant.)*

*Axel et Julie se rapprochent l'un de l'autre. Elle a encore un hématome estompé sur son visage.*

## JULIE

Je suis de retour.

## AXEL

J'en suis heureux. (*Ils se dévisagent. Julie finit par lui sourire.*) Tu es bien chez Dani ?

## JULIE

Oui. J'y suis le temps que je trouve quelque chose de convenable... Je suis désolée que Jérôme ait fait intrusion chez Dani.

## AXEL

Tu n'as pas à t'excuser. On a été heureux de lui mettre la raclée. Et puis, heureusement que nous étions là, et que toi tu sois sortie. Ça t'a évité d'avoir peur. Vaut mieux pas que tu le vois. Même si c'est pour le voir sans prendre des bonnes dans la tronche.

*Ils se regardent, plein de compassion. Puis les larmes leur viennent aux yeux.*

## JULIE

Arrête de me regarder comme ça. J'ai honte avec ce visage défoncé.

*Elle baisse la tête. Il s'approche d'elle et la lui relève délicatement avec sa main.*

## AXEL

(*D'une voix pathétique.*) Tu es belle, Julie... (*Il pleure.*) Je... Tu pourrais venir habiter chez moi. Je prendrais soin de toi. (*Elle prend sa main en pleurant.*) Je n'arrête pas de penser à toi... A ta détresse sous la table. (*Elle recule.*) J'l'aurais tué. J'l'aurais tué si ça pouvait effacer ce qu'il t'a fait.

**JULIE**

Rien ne pourra effacer ce qu'il m'a fait... *(Elle se détourne de lui.)* On devrait s'arrêter là.

**AXEL**

Pourquoi ? Je t'aime, Julie. Et je veux t'aider... Regarde-moi, Julie. Je t'en prie.

**JULIE**

*(Elle lui fait face. Franck et Sara entrent à leur insu.)* Je ne veux pas que tu m'aides. Dani est déjà là pour ça... Je suis désolée, Axel. Comprends-moi.

**AXEL**

*(Il cesse de pleurer. Son regard se fige.)* Je comprends que je viens de me ridiculiser. J'ai vu quelque chose qui n'existait pas. C'est moi qui suis désolé.

*Il se précipite vers la sortie. Il marque un temps en voyant Sara et Franck puis sort.*

**JULIE**

Axel, tu ne comprends pas ! *(Elle s'accroupit et se recroqueville sur elle-même.)*

**SARA**

Rejoins Axel, Franck. Moi, je m'occupe de Julie. *(Franck sort en trombe. Sara s'avance vers elle.)* Julie ?

**JULIE**

*(Julie enlace les jambes de Sara debout à ses côtés.)* Je l'aime !

*Elle pleure de plus belle. Sara, un instant, reste debout à ses côtés, elle est triste. Elle s'accroupit avec peine à cause de son problème à la jambe et l'enlace tendrement. Grégoire fait comme si tout cela l'indifférait.*

*Les lumières s'éteignent.*

## SCÈNE TREIZE

*Plein feu.*

*Coralie est assise à une table. Danielle est assise sur une chaise sur le côté. Grégoire entre.*

### GRÉGOIRE
Madame Dumasse ? Monsieur Martin vient d'arriver. Et bien qu'il n'ait pas pris rendez-vous, il a beaucoup insisté pour vous voir. Puis-je le faire entrer ? Ou dois-je le renvoyer?

### CORALIE
Qu'il entre.

*Il sort. Coralie se lève et s'assoit sur la table. Franck et Grégoire entrent.*

### GRÉGOIRE
Madame Dumasse ? Monsieur Martin.

*Grégoire sort, puis entre sur le côté et s'assoit. Le personnage de Franck semble avoir peur.*

### FRANCK
Ils t'ont eue, Lauriane !

### CORALIE

Ils nous ont eus, Frédéric. N'oublie pas cela. Si je plonge, tu plonges. Si je meurs, tu meurs. Nous sommes unis par un lien bien plus sacré que le mariage, mon ami. C'est ainsi et pas autrement. Il en va de même pour nos loyaux investisseurs, ça va de soi.

### FRANCK

Lauriane, tu t'es attaquée à plus fort que toi. Laisse tomber avant qu'il ne soit trop tard.

### CORALIE

Assieds-toi !

### FRANCK

Tu crois que j'ai envie de m'asseoir ? Ils sont venus chez moi, hier. Ils ont fait peur à ma femme et à ma gosse. Ils ont dit que si je cautionnais tes affaires plus longtemps ils s'en prendraient à ma famille.

### CORALIE

Ce sont les risques de notre profession.

### FRANCK

Non ! Ce sont les risques que tu nous fais prendre !... Je me retire du jeu.

*Julie et Sara entrent.*

### CORALIE

Il en est... Ça va les filles ?

*Franck s'allonge par terre, dégoûté.*

**DANIELLE**

Coralie ! Si une personne dans le public se lève pour aller uriner, tu ne vas pas t'arrêter?

**CORALIE**

Ce n'est pas pareil.

*Grégoire se marre.*

**GRÉGOIRE**

C'est reparti pour un tour !

*Julie embrasse Coralie. Franck se lève et l'embrasse.*

**JULIE**

Axel n'est pas là ?

**FRANCK**

Il est supposé venir.

**CORALIE**

On reprend ?

**DANIELLE**

Depuis le début.

**SARA**

Sans Axel ?

**AXEL**

Je suis là. *(Tous regardent, Axel.)* Me regardez pas comme ça. *(Il s'avance, le sourire aux lèvres.)* Je suis bien et en pleine forme.

## FRANCK

*(Il lui serre la main.)* Heureux de retrouver mon bon vieil Axel.

## AXEL

Pas tant que moi.

## DANIELLE

Je propose que l'on se mette tous en rond et qu'on fasse quelques jeux scéniques histoire de se retrouver.

*Lumière éteinte.*

# SCÈNE QUATORZE

*Lumière tamisée.*

*Grégoire entre dans la salle. Il semble triste. Il s'avance lentement vers le public. Il reste debout, face à eux. Il s'assoit.*

### GRÉGOIRE

Ils ont perdu... L'équipe a été disqualifiée... Je ne suis pas venu. Je l'ai fait sciemment. Ils me haïssent tous... Je devrais m'en réjouir... Je suis fatigué. *(Il regarde en l'air.)* Réponds-moi, je t'en prie... *(Il semble attendre une réponse, mais aucun son ne fait écho à sa voix. Il finit par se lever.)* Je veux mourir pour être avec toi. *(Il regarde autour de lui.)* C'est pas juste... C'est pas juste.

### ANAIS

*(Voix off.)* Ce qui est juste est de te faire haïr de tous pour ne rien avoir à regretter ?

### GRÉGOIRE

Oui ! Je voudrais ressentir de la haine. *(Il s'agenouille.)* J'ai honte d'avoir causé du tort à mon équipe de basket.

### ANAIS

Crois-tu que je suis là ? *(Grégoire fait un signe positif.)* Grégoire... *(Aucune réaction. Ses yeux sont fixes. Il semble absent.)* Je ne suis plus là. J'appartiens à tes songes. Tu ne peux pas continuer à mépriser la vie à cause de moi... Je suis morte, Grégoire.

## GRÉGOIRE

Non ! *(Il se lève.)* ce n'est pas toi qui aurait dû mourir ce jour-là ! C'est toi et moi qui sommes morts à la place de Sara. C'est elle qui devait être dans cette putain de voiture, pas toi ! Tu serais encore en vie, nom de Dieu !

## ANAIS

Mais pas elle... Tu lui ôterais la vie pour me la donner petit frère ?

## GRÉGOIRE

Je ne sais pas. *(Il balaie la salle de son regard.)* Je te vois encore danser ici. Tu étais la plus belle danseuse que j'ai jamais vue virevolter. Je m'asseyais là… *(Il sourit, ému.)* En me disant que je ne cesserai jamais de te regarder. *(Il tourne sur lui-même à travers la salle, tout en chancelant.)* Je ne me rappelle pas très bien la dernière fois que je t'ai vue danser. *(Il s'arrête de tourner et s'écroule lourdement sur le sol. Il pleure.)* Parfois, dans la rue, je pense à toi. Je me concentre, parce que sinon, je ne peux pas voir ton visage. Il est plus dans ma tête. Et... Et je panique. Alors je prends ta carte Navigo, parce qu'il y a ta photo, et je pleure en la regardant. Bêtement, là, en pleine rue. *(Il prend sa carte dans sa poche et regarde la photo. Il est toujours assis sur le sol.)* Ce qui est bizarre, c'est ton odeur. Je la sens toujours... *(Il plaque la carte sur son front.)* Je donnerais beaucoup pour te voir danser, juste une fois.

*Une petite musique se fait entendre. Une femme danse le visage caché par un voilage presque transparent. Grégoire reste bouche bée tandis qu'elle virevolte autour de lui. Puis, elle le prend par la main et l'entraîne. Sara vient d'entrer. Surprise de voir Grégoire danser seul, elle se blottit dans l'endroit le moins éclairé de la salle. Grégoire et Anaïs dansent puis la musique s'arrête. Ils se serrent dans les bras. Les lumières s'éteignent pour se rallumer quelques secondes après. Grégoire et Sara sont enlacés. Grégoire la voit et sans pour autant se défaire de l'étreinte, lui parle.)*

### GRÉGOIRE

Où est ma sœur ?

### SARA

Il n'y a que toi et moi, ici.

### GRÉGOIRE

Tu ne l'as pas vue danser avec moi ?

### SARA

Tu dansais seul, Greg... Tout seul.

### GRÉGOIRE

*(Il sourit.)* Non, elle était là, avec moi. Pour moi seul.

### SARA

Ta famille te cherche partout. Ta mère s'inquiète. Elle a appelé la police.

### GRÉGOIRE

Je lui donne beaucoup de soucis.

### SARA

Tu es tout ce qu'il lui reste. Ton père a vu les gars du basket. Ils ne comptent plus te casser la figure. *(Grégoire récupère sa veste restée à terre.)* Il est plus de trois heures du mat. Je te raccompagne.

## GRÉGOIRE

Merci, Sara. *(Il lui prend la main.)* Comment savais-tu que j'étais planqué ici ?

## SARA

C'est l'endroit qu'Anaïs et toi préfériez, non ? Allez, viens. Dans quatorze heures on est censé répéter.

## GRÉGOIRE

Alors, il faut rentrer se reposer. On a un spectacle à monter.

*Ils sortent.*

*Les lumières s'éteignent.*

# SCÈNE QUINZE

*Plein feu*

*Sara est dans les bras d'Axel. Elle rit tellement qu'elle se sent honteuse. Son rire devient communicatif. Axel rit à son tour. Danielle sort de l'ombre et les rejoint, furieuse.*

### DANIELLE
Vous avez fini ?... Quand allez-vous prendre cette scène au sérieux ?

### AXEL
*(Prenant un air sérieux.)* On la prend au sérieux. J'suis désolé, mais quand elle rit, j'suis obligé de rire. *(Ils rient.)*

### DANIELLE
Ben, voyons !

### SARA
Désolée Dani, c'est trop drôle !

### DANIELLE
Je sors cinq minutes. Calmez-vous, Ok ?

### AXEL
Ok, Ok, Ok ! *(Ils rient de plus belle quelques secondes. Puis ils redeviennent sérieux. Axel la prend dans ses bras à la manière de Clark Gabble.)* Viens là, *Scarlett.* Jamais un homme ne

vous a tenue comme cela. *(Il chantonne la musique de « Autant en emporte le vent ». Sara rit de plus belle.)*

### SARA
Axel ? *(Il rit toujours.)* Arrête, s'il te plaît. Sinon, je ne vais jamais y arriver.

### AXEL
Ok, Ok, Ok. Sérieux, cool, sûrs de nous.

*Il la tient dans ses bras fermement. Ils se regardent sérieusement dans le blanc des yeux quelques instants. Mais ils ne tiennent pas et, de nouveau, rient aux éclats. Danielle entre, désappointée.*

### DANIELLE
Je fais quoi moi !? Dans deux semaines, dans deux semaines!

### AXEL
-Calmos-, Dani ! Cool ! C'est la bonne, maintenant. Dans deux semaines, impec le spectacle. J'crache.

*Il s'apprête à cracher.*

### DANIELLE
Sara, Axel, on reprend !

### SARA
Je vais cinq minutes dehors, reprendre mes esprits.
*Axel regarde Kenza occupée à travailler son texte. Après un instant il se décide à s'approcher.*

### AXEL
Je n'arrive pas à croire que Sara et toi vous soyez sœurs.

**KENZA**

Moi non plus.

**AXEL**

Elle, elle grandit trop tard, et toi trop vite.

**KENZA**

Eh bien moi je préfère être mon cas. A son âge, elle croit encore au prince charmant. Tu sais ce taré sur son cheval de bois. Elle est tellement droite à en gerber. Assez bête pour croire à des principes -bidons-.

**AXEL**

Je ne crois pas que ce soit des principes -bidons-.

**KENZA**

Ouais, p't-être. *(Ironiquement.)* Tronche-la un bon coup, ça lui fera voir trente-six mille étoiles et la voie lactée en prime.

**AXEL**

Kenza, tu es un peu dure avec elle. Tu as quel âge ?

**KENZA**

Seize mille ans.

**AXEL**

Seize ans ? *(Elle fait un signe positif.)* Sara est une fille très bien, qui croit en la vertu du mariage.

**KENZA**

C'est bien ce que je dis, le mariage c'est le feu vert pour se faire troncher.

**AXEL**

Kenza, tu devrais arrêter de parler aussi vulgairement.

### KENZA

*(Furieuse.)* **Pourquoi ? C'est plus audible dans la bouche d'un vrai mec ?**

*Danielle entre et va s'asseoir à son bureau. Elle ne prête pas la moindre attention aux deux jeunes gens.*

### AXEL

**Non, dans aucune bouche ! Je veux dire, pourquoi imiter ceux qui parlent comme ça ? Pourquoi ne pas imiter un mec qui serait valorisant pour toi ? Einstein, par exemple.**

### KENZA

**Einstein tirait la langue et la langue est considérée comme un organe sexuel. Donc vulgaire et dégueux.** *(Axel la regarde un long instant sans mot dire. Elle s'en inquiète.)* **Quoi ?**

### AXEL

**Tu ressembles beaucoup à Sara finalement.**

### KENZA

**Oh non, pitié !**

### AXEL

**Vous êtes toutes les deux révoltées par la gent masculine. Mais vous le traduisez de deux façons opposées.**

### KENZA

**Je vais m'occuper des projos.**

*Elle monte à la régie. Axel regarde Danielle soucieux. Il s'approche. Danielle écrit. Axel reste à ses côtés, sans broncher. Danielle finit par s'apercevoir de sa présence. Elle s'en inquiète.*

**DANIELLE**

Ça ne va pas, Axel ?


**AXEL**

Si... Je me posais quelques questions, c'est tout.


**DANIELLE**

*(Elle regarde Axel un instant.)* **Tu veux me les poser ces questions ?**


**AXEL**

*(Il soupire.)* **Ouais, j'aimerais bien.**


**DANIELLE**

Tu ne vas pas bien ? *(Elle se lève.)* **Tu as un problème ?**


**AXEL**

Non, je n'ai pas de problème. Je me disais juste... Enfin... J'ai pas d'problème... *(Il se détourne d'elle un instant pour lui refaire face presque immédiatement. Il semble confus.)* **Vous avez tous des problèmes. Assez graves. Je me sens un extraterrestre avec vous... Vous avez tous des familles barges, des amis barges. Moi, ma famille, elle est toujours là pour moi. Si j'ai besoin de quoi que ce soit, elle accourt pour moi et je ferais n'importe quoi pour eux... Je me dis que les choses ne sont pas justes. Moi j'en ai trop, et vous pas assez... Franck considère son homosexualité comme une tare incurable. Coralie, elle, elle a un psy de mari qui la rend complètement esseulée. Sara considère le sexe comme un poison et l'homme comme Satan. Qu'est-ce qui prend aux parents de mettre ça dans la tête de leurs enfants au point que ça perdure à l'âge adulte ?**


**DANIELLE**

Elle pourrait changer avec toi.

**AXEL**

Je ne suis pas amoureux d'elle. Et même si je l'étais, je suis trop jeune pour penser au mariage.

**DANIELLE**

Même si ça avait été Julie ?

**AXEL**

Je ne sais pas. De toute façon, la question ne se pose pas. Elle ne veut pas de moi.

**DANIELLE**

Tu te trompes. Ce n'est pas toi qu'elle rejette, mais ce que tu représentes.

**AXEL**

Tous les hommes ne ressemblent pas à son connard de mari.

**DANIELLE**

Je sais. Elle le sait. Cependant, c'est plus profond. Il faut beaucoup de patience. Je ne te dis pas d'attendre pour elle, ni d'arrêter de vivre pour elle. Le temps peut tout arranger. Mais ça ne veut pas dire que tout va finir dans un happy end. Le traumatisme est là et il ne sert à rien de vouloir accélérer les choses pour satisfaire son propre égoïsme... Nous donnons de l'amour et nous voulons qu'on nous le rende. Mais les gens sont plus demandeurs que donneurs.

**AXEL**

Tu veux dire que je ne dois pas avoir d'espoir ?

**DANIELLE**

Non, je n'ai pas dit ça. L'espoir, c'est la vie. Nous sommes faits d'espoir et de désespoir.

**AXEL**

Est-ce que tu as été désespérée... Pour le bébé ?


**DANIELLE**

Je me suis demandée si je faisais le bon choix. Je sais maintenant que je l'ai fait. Elle est là. Lui, est-ce qu'il aurait été là, aujourd'hui, pour moi ? Elle, elle sera avec moi, de nombreuses années. Certains diront que c'est égoïste. Mais le plus égoïste aurait été de me faire avorter pour un homme qui n'aurait jamais eu la présence d'esprit de se demander quelle peine j'aurais ressentie, ni quel sacrifice j'aurais fait pour lui. Elle est là et je veillerai à ce qu'elle ne manque jamais de rien. Je vais l'aimer pour deux... Axel, crois-moi, tu n'es pas un extraterrestre. *(Elle rit.)* Juste quelqu'un de chanceux. Tu as une famille admirable, sois en fier. Tu as ce que certains d'entre nous n'auront peut-être jamais. Transmets-le et ne te sens pas coupable d'avoir une vie paisible. Tu es un bon garçon, Axel. Je suis heureuse de te connaître.


**AXEL**

Je ne comprends pas comment il a pu lâcher une fille aussi gentille et généreuse que toi.

*Ils s'enlacent.*

*Les lumières s'éteignent.*

## SCÈNE SEIZE

*Plein feu*

*Ils sont tous en rond assis sur le sol. Ils semblent épuisés.*

### CORALIE
C'est surnaturel !

### FRANCK
Qu'est-ce qui est surnaturel ?

### CORALIE
Le climat qui règne ici.

### FRANCK
T'as raison, le simple fait qu'on ait fini cette pièce, c'est surnaturel.

### SARA
Y'a quelque chose qu'est encore plus surnaturel... *(Ils la regardent tous.)* Les gens vont payer pour nous voir. Et ça, c'est surnaturel. *(Elle rit.)*

### GRÉGOIRE
Et alors, on le mérite, non ?

**DANIELLE**

Oui, Grégoire. En tout cas, c'est surnaturel qu'on ait fini à temps.

**FRANCK**

Prions pour qu'il n'y ait pas qu'une seule personne dans la salle.

*Ils rient en chœur.*

**CORALIE**

*(Pensive.)* Une seule personne, ce n'est pas si mal !

**AXEL**

C'est ça, Coralie. Nous remonte pas le moral.

**JULIE**

Qu'est-ce que vous allez faire après ? On continuera ensemble ?

**CORALIE**

Nous déménageons, l'année prochaine… Quoi qu'il en soit, je me sens prête à faire partie de n'importe quel groupe. Où que j'aille, je garderai contact avec vous.

**DANIELLE**

Nous l'espérons bien, Coralie.

**JULIE**

Moi, je vais continuer à m'occuper de l'adorable petite fille de Danielle.

**DANIELLE**

Ce n'est pas ce que tu disais la nuit dernière.

## JULIE

**Exact ! Sur le coup de la colère nous allons bien souvent au-delà de nos pensées.**

*Elles se regardent malicieusement.*

## GRÉGOIRE

**La petite séance *pseudo-familo-psychologique* est finie ? J'peux continuer ?**

## DANIELLE

**Jeune homme, il va falloir que tu fasses des concessions pour pouvoir être plus… Comment dites-vous ?**

## KENZA

**Plus relax !**

## DANIELLE

**Ne me regarde pas comme ça, Greg, continue !**

## GRÉGOIRE

*(Il réfléchit un instant.)* **Vu que j'ai rien foutu cette année, j'vais me bouger pour trouver un job et reprendre ma vie en main. Je serai des vôtres l'année prochaine. Et toi, Franck ?**

## FRANCK

*(Il reste un instant sans mot dire. Puis il lève la tête et les regarde les uns après les autres.)* **J'suis gay.** *(Tous restent interloqués. Grégoire se décale. Franck le regarde. Grégoire, honteux, se repositionne à ses côtés.)* **Et je suis fier de l'être.** *(Il regarde Axel.)* **J'ai un mec. Même si on n'se tient pas encore la main dans la rue, je suis à l'aise avec lui.** *(Axel lui sourit.)*

**SARA**

Eh bien moi, je vais partir à la recherche d'un petit ami. Je promets d'être moins farouche. Et... Et...

**FRANCK**

Et de coucher avec ? *(Ils rient tous, sauf Sara. Voyant que celle-ci ne trouve pas ça drôle, ils cessent de rire.)* Ok, c'est pas drôle. Pourquoi tu ne l'inities pas, Greg ? C'est vrai ça, tu devrais l'aider. Après tout, vous êtes comme frère et sœur.

**JULIE**

Franck, s'ils étaient comme frère et sœur, ce serait de l'inceste.

**FRANCK**

Oui, mais ils ne sont pas frère et sœur.

**DANIELLE**

Je sens que ça va encore dégénérer !

**FRANCK**

Non, on est des adultes, maintenant.

**KENZA**

Parle pour toi, débile Franck !

**FRANCK**

Ecrase, demi-portion.

**AXEL**

Et toi, Dani, qu'est-ce que tu vas faire ?

**DANIELLE**

M'occuper de mon bébé.

**SARA**

Et à la rentrée ?


**DANIELLE**

M'occuper de vous.

*Ils rient.*


**SARA**

Cette année a été vraiment unique pour moi. J'ai aimé tous les moments passés avec vous tous. Les joies et les peines, car elles sont indissociables.


**FRANCK**

On espère que tu finiras l'année non vierge. *(Il l'embrasse.)* Je me sens enfin libre d'être ce que je suis. Voilà pourquoi cette année est différente et unique pour moi.


**KENZA**

Moi, j'passe en première. Mais, il y a mieux. J'viens d'embrasser le mec le plus beau de la classe. *(Sara la regarde choquée.)* Ne me regarde pas comme ça. J'compte pas attendre ma 24$^{èmes}$ années pour me farcir mon premier trip amoureux.


**AXEL**

Tu l'as embrassé avec la langue ?


**KENZA**

Non, avec mon pied, abruti !


**AXEL**

T'énerve pas, c'était juste une question comme ça. Quelle susceptibilité !

**SARA**

J'ai déjà embrassé un garçon, p'tite sœur.


**KENZA**

oh, juré !? *(Elle rit en l'embrassant sur la joue.)*


**AXEL**

Vous voulez que j'vous raconte ma première fois ?


**FRANCK, SARA, JULIE,
DANIELLE, CORALIE, GRÉGOIRE**
*(En chœur avec Kenza.)*

Non !


**KENZA**
*(En chœur avec la troupe.)*

Oui !


**CORALIE**

Demain c'est l'aboutissement d'un travail d'une année. Ça nous semblera, stressant, éprouvant, et dans une semaine on voudra recommencer. C'est un éclair qu'on attend si longtemps.


**JULIE**

Ma vie a changé et le seul vestige que j'emmène de mon autre vie, c'est le théâtre. Mon plus grand amour.

*Elle adresse un sourire à Axel, qui le lui rend. Franck se lève et se met à courir autour d'eux.*


**FRANCK**

Rocky, ne flanche pas ! Encore quelques marches. Oui, ça y est, tu l'as !... Elle est là, là ! Tu la sens ? *(Il s'agenouille.)*

**GRÉGOIRE**
Qu'est-ce qui est là où il n'y a rien ?


**FRANCK**
Bah, la statue à mon effigie !


**AXEL**
*(Regardant dans la direction que Franck lui indique.)* **Ils t'ont
vachement amélioré.**

*Ils rient tous.*


**DANIELLE**
Bon, faudrait quitter les lieux. Allez-vous coucher pour être
au mieux de votre forme samedi.

*Elle se lève et prend son sac. Ils se jettent sur elle et l'enlacent.*

*Les lumières s'éteignent.*


*FIN DU COMMENCEMENT*